Reborn

le nouveau monde

Du même auteur
aux éditions Mijade

Le rapport Timberlake
La Cache
Memo 657

Nouvelle édition, octobre 2022

Rue de l'Ouvrage, 18
B-5000 Namur
www.mijade.be

Couverture : Annick Masson / Shutterstock

D/2022/3712/48
ISBN 978-2-87423-169-8

Imprimé en Bulgarie

Thierry Robberecht

Reborn

le nouveau monde

roman

Mijade

Chapitre 1

Habituellement, j'attendais l'obscurité dans les alvéoles en construction situées juste derrière sa maison. Depuis qu'elles avaient disparu, au début du vingt et unième siècle, les abeilles inspiraient les architectes. La plus grande partie de la population vivait dans des habitations en résine construites sur le modèle des ruches.

Les derniers jours, pour éviter les intercepteurs qui patrouillaient de plus en plus nombreux en ville, j'arrivais très tôt derrière chez elle et j'attendais longtemps. Dans ce quartier résidentiel, peu d'écrans de pubs virtuelles, ces images qui inondent le centre-ville et que traversent les passants.

Les élections approchaient et les deux sénateurs encore en lice, Alan Newman et Victoria Dellacqua, apparaissaient virtuellement tous les vingt mètres pour expliquer leur programme et tenter de convaincre les électeurs de voter pour eux.

Le principal sujet des élections était les invasifs, c'est-à-dire les gens comme moi.

Derrière chez Angèle, tout était beaucoup plus calme. Souvent, un chat roux venait me rejoindre. Les chats et les chiens s'étaient très rapidement adaptés à la nouvelle planète. On aurait pu croire qu'ils vivaient sur Reborn depuis toujours. Peut-être que certains d'entre eux se souvenaient de la vie sur Terre ? C'est peu probable. À quoi ça sert de se souvenir ?

Seuls les oiseaux se faisaient encore rares. On en avait importé pas mal à bord de containers spatiaux mais ils se reproduisaient peu, si bien qu'on en voyait presque jamais. Des scientifiques affirmaient que les oiseaux ne trouvaient pas d'endroit où nicher et c'est vrai que les arbres manquaient sur Reborn. Des colonies d'insectes avaient également été déplacées à partir de la Terre dans l'intention de nourrir les oiseaux mais ils mettaient du temps à se reproduire.

Au-dessus de ma tête, volaient des appareils en tout genre, issus des nouvelles technologies.

Le chat roux était méfiant et craintif. Moi aussi. Il n'était pas très beau. Moi, non plus.

Assis en face de moi, sur le sol en résine de l'alvéole en construction, il m'observait fixement sans broncher. Je sais bien ce qu'il se disait : « Que peut bien faire cet ado seul dans cet endroit désert alors que tous les autres humains sont rentrés chez eux ? ». C'était une bonne question mais je ne pouvais rien répondre de valable à ce chat.

Quand le soir tombait sur nous, je tremblais de froid alors que lui me faisait comprendre que pas du tout. Les deux soleils de Reborn déclinaient à la même vitesse comme des danseuses jumelles qui disparaîtraient en même temps de la scène vers les coulisses.

Vers vingt heures, une première ombre s'abattait sur la nouvelle planète et une heure plus tard, la disparition du second soleil nous plongeait dans une obscurité complète. Reborn ne possède pas de lune.

Au moment où le chat n'était plus visible, je sortais de l'immeuble en construction, je traversais le chantier et j'arrivais à l'arrière de l'alvéole d'Angèle. Avec son mari, elle avait probablement été une des premières humaines à s'installer sur la nouvelle planète car on leur avait permis de construire une habitation unifamiliale. Une alvéole qui ressemblait presque à ce que nous connaissions sur Terre. La famille d'Angèle doit être richissime même si elle n'en parle jamais.

Aujourd'hui, il est impossible de faire construire une maison comme celle d'Angèle. Les autorités soutiennent que la place manque sur la nouvelle planète. L'opposition affirme que c'est faux : la surface de Reborn serait plus grande que celle de la Terre.

Quand je me suis avancé vers l'alvéole d'Angèle, ce soir-là, il devait être vingt et une heures, pas plus. Évidemment, depuis le temps, j'aurais pu arriver par la rue, m'annoncer à la porte électronique à reconnaissance vocale et me présenter devant le visiophone comme un type normal, mais Angèle se méfiait des gens normaux, de leurs commentaires et de leurs idées toutes faites. Et puis, moi, je ne suis définitivement pas normal.

D'ailleurs, je préférais de loin passer par l'arrière. Au milieu des ombres, je me suis toujours senti plus en sécurité.

Autour de moi, les façades transparentes des alvéoles laissaient voir la vie toute nue des gens, les repas en famille, les enfants qui rient, les couleurs criardes des communicators qui frappent les visages de plein fouet et les discussions vives sans paroles des couples.

Personne parmi les voisins n'observait l'arrière des habitations. A priori, leur vie personnelle les accaparait complètement.

Je me suis dirigé vers la petite porte magnétique du niveau zéro qui, comme toujours, n'était pas verrouillée.

Pas de lumière en haut de l'escalier. Bizarre. Pourquoi

resterait-elle dans le noir ? Elle serait sortie ? À cette heure ? Ce serait bien la première fois. Peut-être s'était-elle assoupie ?

L'alvéole semblait vide. Pas un bruit. Même pas un communicator rassurant avec des nouvelles affreuses. Je me suis avancé à pas de loup. Le silence sentait le piège. Un voisin aurait pu alerter les miliciens et ceux-ci m'attendraient. Non, elle n'aurait jamais accepté qu'on me tende un piège. Pas chez elle.

D'habitude, sa voix très aiguë disait : « C'est vous, Chuong ? ». Mais, cette fois, rien.

Le salon et la salle à manger étaient plongés dans le noir complet. Allumer les tubes luminescents équivalait à me piéger moi-même comme un rat surpris dans les phares d'un véhicule. Si j'avais éclairé la pièce, le voisinage tout entier aurait pu être au courant de ma présence.

J'ai murmuré : « Angèle ? ».

Aucune réponse.

– Angèle !

Des silhouettes de meubles en fibre de verre m'ont aidé à me positionner dans la maison. Je me suis dirigé vers son fauteuil personnel que j'ai touché à tâtons. Il était vide. Ouf ! J'avais si peur de la trouver morte. À son âge, on s'en va pour un rien. Il fallait bien se rendre à l'évidence : elle n'était pas là.

Plusieurs scénarios se sont bousculés dans ma tête.

En une seconde, la vision d'Angèle accidentée m'a traversé l'esprit.

J'ai ressenti une terrible lassitude, un immense sentiment d'abandon. Je me suis rendu compte que, depuis longtemps, je ne vivais plus que pour et par mes visites à Angèle. Elle était ma bouée de sauvetage. Une vieille bouée à moitié gonflée.

Soudain, derrière moi, une petite plainte discrète s'est fait entendre. On aurait dit le gémissement d'un animal blessé, terré sous un meuble. Derrière le grand canapé du salon, une ombre minuscule était étendue, là, à terre. C'était elle. Angèle !

Mes mains ont touché son corps maigre et anguleux mais l'obscurité m'a empêché de distinguer son visage. Elle avait la taille d'un enfant mais un corps de vieille qui ne réagissait ni aux mots ni au toucher. Je l'ai sentie recroquevillée sur elle-même, comme si elle avait voulu se défendre.

Je me suis décidé à allumer les leds. La froide lumière a éclairé une vision d'horreur. Angèle était bien là, en position fœtale. Sa combinaison était tachée de sang et son visage affreux à voir. Il était bleu. J'avais du mal à la reconnaître. Une poche gonflée de sang lui fermait presque complètement l'œil gauche. Ses lèvres boursouflées formaient un rictus affreux.

– Angèle ! Que vous est-il arrivé ?

La question était idiote puisque je connaissais la réponse et qu'elle ne m'entendait pas.

En tremblant, maladroitement, j'ai cherché à savoir si elle vivait toujours. Ma main a touché les siennes, glacées. Aucune réaction. Elle était complètement inconsciente. Effectivement, son état ne devait pas être loin de la mort. Pourtant, quand j'ai approché mon oreille de sa bouche, il m'a semblé entendre un faible râle, et en cherchant son cœur, je l'ai senti battre très faiblement à travers sa maigre poitrine.

En reculant, je me suis rendu compte qu'elle avait pris des coups sur tout le corps. Elle avait gardé ses deux mains sur son ventre dans un geste de protection dérisoire, mais ses bras et ses jambes étaient bleus.

Autour d'elle, tout était sens dessus dessous. Un cambriolage ?

Mes bras se sont glissés sous le corps d'Angèle et je l'ai soulevée. J'ignore encore si c'était la chose à faire, mais elle m'inspirait trop de respect pour la laisser agoniser derrière le canapé. Cette femme qui était tout ne pesait rien. Une plume. Quand je l'ai déposée sur le canapé, elle a gémi. Un gémissement qui venait de si loin que j'ai eu l'impression que c'était là son dernier souffle.

Il lui fallait de l'aide. Vite ! Pour moi, je savais ce que

ça voulait dire mais en un millième de seconde, j'ai évacué la question.

J'ai appelé plusieurs fois le communicator mais il n'a pas reconnu ma voix et j'ai dû le faire fonctionner manuellement. Ça m'a pris du temps. Trop de temps. Chaque seconde comptait. Finalement, une image en trois dimensions s'est positionnée devant mes yeux. J'ai appuyé deux fois sur l'icône des urgences et, presque tout de suite, un homme m'a demandé de résumer la situation.

– Une vieille femme a été violemment battue... Je crois qu'elle est en train de mourir... Venez vite !

– Vous êtes de la famille ?

– Non.

– Il s'agit d'une agression ?

– Puisque je vous le dis. C'est urgent !

L'homme m'a demandé de confirmer l'adresse affichée sur son communicator et qui correspondait au numéro qui avait appelé.

– C'est bien ça !

Il a raccroché.

Un instant, j'ai songé à m'en aller. Pour moi, disparaître aurait été la meilleure des solutions. Pourtant, je n'ai pas bougé. Je suis resté agenouillé devant elle. Mon regard ne pouvait pas la quitter. Comment aurais-je pu l'abandonner dans cet état ?

J'ai préféré la regarder à travers mes larmes. Je n'ai plus osé la toucher. Trop peur de faire souffrir un peu plus ce misérable corps de vieille.

– Angèle ! Les secours sont en route. Ils vont vous sauver ! Tenez bon !

Aucune réponse. Je parlais plus pour moi que pour elle.

– Ne mourez pas, Angèle, je vous en supplie !

Soudain, j'ai aperçu ma memobox sur le sol, le seul souvenir que j'avais gardé de mes parents. Dans ce petit appareil, se trouvaient les films en 3D de ma famille. Je me souviens l'avoir ouvert pour Angèle à ma dernière visite. Les images de mes parents avaient envahi l'espace. Ils riaient. J'avais dû oublier l'objet en partant. Machinalement, je l'ai remis en poche.

Au loin, dans le ciel, les sirènes des véhicules d'urgence se faisaient déjà entendre. Peut-être qu'ils la sauveront mais pour moi, c'était fini.

Il fallait bien que cette histoire se termine un jour.

J'ai descendu l'escalier jusqu'au hall d'entrée. La porte magnétique était béante, le mécanisme forcé. Alors, ce serait vraiment un cambriolage ?

Des véhicules urgentistes flottaient déjà au-dessus de l'artère éclairée par les leds. Des robots infirmiers descendaient de l'appareil avec du matériel de réanimation, un véhicule de police a stoppé juste derrière. Ils avaient fait vite.

Des voisins sont apparus aux hublots. Ils avaient abandonné leur télécran à son triste sort car le spectacle était dans l'artère.

Les urgentistes se sont rués vers la maison en me demandant où était la victime.

– Là-haut ! j'ai dit.

Les policiers m'ont demandé si c'est moi qui avais appelé les secours.

– Oui.

– Vous êtes qui par rapport à la victime ?

Je n'ai pas répondu tout de suite. Mon silence a alerté le flic qui s'est mis à me regarder des pieds à la tête et puis, il a dit :

– Vous êtes un invasif !

En prononçant ces mots, il a sorti son scanner d'identification et l'a braqué en direction de mon nombril. Une espèce d'alarme s'est fait entendre immédiatement : mon nombril était vierge. Il ne portait pas de processeur identitaire.

– Attention ! C'est un invasif ! a gueulé le flic, et immédiatement les lasers de la police de Reborn m'ont mis en joue.

Pour moi, c'était terminé.

Chapitre 2

Dès le moment où ils m'ont identifié comme invasif, les flics m'ont passé des menottes électromagnétiques.

– Désolé, mon garçon, c'est la procédure. Les invasifs doivent être menottés d'après le règlement de sécurité planétaire.

Je n'ai pu m'empêcher de sourire. Comme si j'étais un vrai danger pour la survie de Reborn !

Un flic m'a appliqué un appareil sur l'intérieur de chacun de mes poignets. Je savais à quoi m'attendre. J'avais déjà vu ces menottes sur d'autres invasifs.

À première vue, les poignets sont libres, mais si le prisonnier fait un mouvement rapide ou brutal, une violente décharge électrique lui traverse le corps et le jette à terre.

J'étais condamné à me mouvoir au ralenti, moi, dont la rapidité était légendaire.

Les robots infirmiers ont mis immédiatement Angèle sous assistance respiratoire. Ils lui ont collé des électrodes sur tout le corps pour dresser un bilan médical. Je me suis raccroché à l'idée que c'était le signe qu'elle vivait encore. Ils l'ont déposée sur un brancard et l'ont embarquée dans l'appareil.

– Elle va s'en sortir ? Où la conduisez-vous ?

Personne ne m'a répondu. J'aurais aimé monter avec elle mais bien évidemment, les policiers m'en auraient empêché.

– La dame ? Quel est son nom ? m'a demandé un grand flic maigre.

Avant de lui répondre, j'ai demandé dans quel hôpital les robots conduisaient mon amie.

– Le Medical Center 35A, celui du centre-ville. Alors ? a demandé un des policiers. Comment s'appelle la victime ? Je n'ai pas pris le temps de contrôler son identité.

Comme je mettais du temps à lui fournir l'identité d'Angèle, une idée angoissante a traversé l'esprit de l'enquêteur.

– Elle n'est pas invasive au moins, a blêmi le flic.

Ne pas avoir vérifié la présence d'un processeur identitaire, et envoyer ainsi une invasive à l'hosto... il s'agissait d'une faute grave que ses supérieurs n'auraient pas manqué de lui faire payer cher.

– Non, ai-je répondu. Elle est citoyenne.

J'ai clairement vu le flic soupirer de soulagement.

– Alors ? Son nom ? Si vous le connaissez...

– Angèle Nguyen. Sur la Terre, elle venait d'Asie.

Le flic a jeté un coup d'œil à la décoration asiatique du hall d'entrée, aux Bouddhas, au grand dragon en bois qui faisait semblant de cracher du feu et sur mon visage. Ma remarque sur les origines d'Angèle répondait à ses questions.

– Je vois, a-t-il fait.

Nous sommes remontés à l'étage, dans la pièce où j'avais retrouvé Angèle. Les flics étaient déjà partout. J'ai surpris le regard des policiers sur mon apparence. Dans le décor raffiné d'Angèle, au milieu de ses Bouddhas et des tableaux laqués, ma combinaison trouée et sale faisait tache. Et puis, l'odeur. Angèle se plaignait souvent de mon odeur. Elle m'ordonnait de prendre des bains dès mon arrivée.

– Comment peux-tu te supporter, Chuong ? Tu empestes.

L'enquêteur a remarqué que j'avais du sang sur les mains.

– Je suppose que j'ai touché ses plaies en la portant sur le divan.

Le flic a observé mes mains plus précisément.

– Vos mains sont blessées. Vous pouvez me dire dans quelles circonstances vous vous êtes fait ces blessures ?

Sa question était lourde de menaces. Je savais que les flics me poseraient des problèmes, que je ne ressortirais pas libre de notre entrevue mais je n'avais pas imaginé qu'ils me soupçonneraient d'avoir agressé la vieille dame.

– Comme vous vous en doutez, je n'ai pas d'alvéole à moi. Je vis dehors. Depuis plusieurs mois déjà. La nuit, il fait froid. Ce ne sont pas des conditions idéales pour la peau et pour les mains en particulier.

Tout ce que je disais était enregistré par la tablette cellulaire du policier. Un flic bedonnant qui écoutait la conversation s'est approché de moi. Avec lui, je savais au moins à quoi m'en tenir : à ses yeux, les invasifs, il fallait les renvoyer dans l'espace.

– Vous vivez dans la rue et vous avez des relations avec la victime ? C'est un peu gros, non ?

– Pas du tout. C'est la stricte vérité.

– Comment définiriez-vous le type de relation que vous entreteniez avec la victime ?

– Je dirais que c'est dc l'amitié.

– De l'amitié !

J'ai senti toute l'ironie qu'il avait mise dans sa remarque. Son collègue lui a chuchoté quelques mots à l'oreille.

– On me dit que c'est vous qui avez appelé les secours, Monsieur...

– Pham ! Chuong Pham. En effet, c'est moi qui vous

ai appelés. Je venais de trouver Angèle à terre, inconsciente et blessée. Je vous ai contactés tout de suite.

Le gros flic avait du mal à accepter que c'était moi qui avais alerté la police. Ça ne collait pas avec l'idée qu'il se faisait des invasifs.

– Vous connaissiez la victime depuis longtemps ?

Le flic bedonnant me donnait la désagréable impression de connaître les réponses avant de me poser les questions. À ses yeux, j'étais l'agresseur d'Angèle, il n'y avait aucun doute là-dessus.

– Vous n'avez pas répondu à ma question, Monsieur… heu… Pham… vous la connaissiez depuis longtemps ?

– Trois mois environ.

– Vous pouvez m'expliquer comment un jeune invasif qui vit clandestinement sur Reborn fait la connaissance d'une vieille dame qui habite les beaux quartiers ?

– C'est la vie… le hasard des rencontres. Et puis, nous sommes tous les deux d'origine vietnamienne. Ça aide.

– C'est vous qui avez fouillé les espaces de rangements ? Tout est sens dessus dessous.

– Non, ce n'est pas moi.

– Depuis combien de temps vous êtes arrivé sur Reborn ?

– Depuis un an et demi environ.

Les policiers ont échangé un regard qui voulait dire que j'étais fait comme un rat.

– Vous allez nous suivre dans les bureaux de la criminelle, Monsieur Pham. Nous avons pas mal de questions à vous poser.

Nous avons abandonné la police scientifique en plein travail et j'ai suivi les policiers jusqu'à leur navette.

Chapitre 3

Depuis l'an 2030 environ, la Terre était devenue de moins en moins viable. Le climat se détériorait chaque année un peu plus. Des tsunamis avaient détruit plusieurs villes du Sud-Est asiatique, d'Afrique et d'Amérique du Sud en faisant des millions de morts. Les pays riches avaient envoyé de l'aide sur place comme s'ils faisaient la charité, mais n'avaient changé en rien leur mode de vie. Le niveau des eaux montait partout sans qu'aucune décision ne soit prise. Les choses ont commencé à changer quand une ville du Nord fut détruite par le plus grand ouragan jamais enregistré de mémoire de terrien. L'émotion produite par les images de désolation fut terrible. Des millions de morts et de sinistrés. Sous le choc, des scientifiques influents ont commencé par dire qu'il faudrait peut-être abandonner la Terre. Les autorités se sont emparées de l'idée et, très vite, des moyens colossaux ont été débloqués pour découvrir une planète viable pour les Terriens dans les galaxies non encore explorées.

Pendant plusieurs années, les nouvelles en provenance de l'espace ont été négatives mais finalement, au début de l'année 2046, une sonde spatiale s'est posée sur une planète qui ressemblait fort à la Terre sauf que le sol était noir et qu'elle possédait deux soleils. Les hommes pouvaient y respirer librement et l'eau s'y trouvait en abondance même s'il n'y pleuvait jamais. Des nappes phréatiques se trouvaient dans les sous-sols de la planète. L'eau était produite par un phénomène gazeux inconnu sur la Terre. Des études ont été faites en secret dans les sous-sols et dans l'atmosphère de la nouvelle planète qui fut appelée Nera dans un premier temps, à cause de sa surface noire. Après quelques années de recherches, les résultats sont tombés. Oui, elle était viable pour les humains. Oui, il était possible de s'y implanter.

Évidemment, Nera n'était pas la Terre. Pas de saisons et pas de vent. L'air était respirable même si sa formule chimique n'était pas égale à celle qui nous permettait de vivre sur la Terre. Même chose pour les sols. En fait, la planète était viable pour les humains et même pour les animaux malgré des petites nuances chimiques.

– Les Terriens n'auront aucun mal à s'adapter à

cette planète ! affirmaient les scientifiques.

Quand la bonne nouvelle s'est répandue sur la Terre, la moitié de l'Australie venait d'être rayée de la carte. Des millions de disparus, emportés par des vagues géantes. Un pays englouti en quelques heures. La panique s'était emparée des humains. On redoutait une nouvelle Atlantide généralisée.

Avec la découverte de Nera, un formidable espoir a mobilisé la population. Les autorités ont commencé à organiser le transfert des humains. Entre-temps, un politicien qui s'était fort impliqué dans les recherches sur Nera l'avait baptisée Reborn, le Renouveau.

Le transfert ne s'est pas fait en un jour. Le voyage spatial durait près de trois semaines. Des équipes de construction d'immeubles en matière plastique légère et en résine furent les premiers à s'installer sur Reborn.

En une année, ils réussirent à construire des logements pour environ 800 000 personnes et, la seconde année, les architectes et les techniciens firent mieux encore. La première ville de Reborn fut appelée Alpha. La seconde Bêta et ainsi de suite. Des villes immenses et rectilignes sortirent ainsi de la terre noire. Des villes géantes comme on n'en avait jamais construit sur l'ancienne planète.

Les habitants de la Terre étaient impatients de quitter

le navire. Le Sud de l'Inde venait d'être la proie d'un terrible tsunami. Sur les terres dévastées, de l'eau à perte de vue et des corps qui flottaient. On aurait dit que la mer croquait la terre avec gourmandise.

En 2056, le premier transfert d'êtres humains fut organisé. Des navettes spatiales capables de transporter plus de 10 000 personnes partirent vers Reborn à fréquence régulière.

Évidemment, les premiers peuples à s'installer sur la nouvelle planète étaient les populations riches du Nord. Il faut des moyens immenses pour construire de nouvelles villes et pour organiser le transfert de millions de gens. Le voyage était long et cher. L'implantation demandait beaucoup d'argent. Seules les populations les plus puissantes purent organiser leur départ.

Très vite, les autorités se trouvèrent devant un problème : comment reconnaître administrativement les nouveaux habitants de Reborn.

Un homme politique proposa de greffer à chaque arrivant un processeur identitaire dans le nombril. On fit de même avec les bébés à la naissance si bien que, très vite, il y eut deux catégories d'êtres humains : ceux qui possédaient le processeur identitaire et les autres, qui feraient tout pour le posséder.

Petit à petit, la terre se vida de sa population la plus riche. En moins d'une dizaine d'années, les régions comme l'Amérique du Nord, la Chine, le Japon, les pays du Golfe Persique et d'Europe Occidentale devinrent presque désertiques.

Les gens qui restaient n'avaient pas les moyens de se payer le voyage et le remettaient donc à plus tard. Jamais, on avait économisé autant d'argent.

Les populations d'Afrique et d'Asie, qui étaient les plus menacées par la montée des eaux, remontèrent vers le Nord.

C'est ainsi que ma famille a traversé tout le continent asiatique pour se mettre à l'abri des eaux qui montaient et qui avaient déjà envahi la moitié du Vietnam. Nous nous sommes installés en Espagne parce que la mer Méditerranée était moins violente que les océans.

L'idée de mon père était de travailler pour amasser suffisamment d'argent afin de se payer le voyage vers Reborn. Mes parents ont bossé dur pendant plusieurs années quand, soudain, des rumeurs ont commencé à circuler sur les difficultés que rencontraient les nouveaux migrants pour s'installer sur Reborn. Des voyageurs avaient été refoulés dès leur arrivée, d'autres restaient en quarantaine et les autorités statuaient sur leur sort. Une chose était sûre : tous les humains n'étaient plus les bienvenus sur Reborn.

Les accès étaient contrôlés et la plupart des émigrants refoulés. Le discours officiel affirmait qu'il n'y avait pas assez de place pour tout le monde sur la planète. Des scientifiques disaient que c'était faux, que c'était de la pure invention. Le Sénat Rebornien était divisé sur les mesures à adopter. Accueillir tous les humains ou interdire l'accès à la nouvelle planète. Greffer le processeur identitaire à tous ou le limiter à une élite.

Les Terriens qui tentaient de s'introduire sur Reborn étaient appelés les invasifs.

Sur la Terre, la situation climatique devenait de plus en plus pénible. Au moment où ma famille a réuni suffisamment d'argent pour quitter la Terre, les nouvelles en provenance de Reborn étaient mauvaises. Un sénateur influent de la nouvelle planète, Alan Newman, proposait d'interdire l'arrivée de nouveaux migrants. Manque de place, disait-il.

– Qu'est-ce qu'on va faire s'ils nous refoulent ? a demandé Maman.

– On trouvera bien une solution, a déclaré mon père. J'ai entendu parler d'un passeur capable d'éviter les appareils des garde-frontières de Reborn et de nous poser pas trop loin d'une ville.

– Tu veux arriver clandestinement ?

– Tu as une autre idée ?
Je n’en avais aucune.

Chapitre 4

Dans la navette de la police qui survolait la ville d'Epsilon en direction du commissariat central, le grand flic maigre m'a dit s'appeler Jarvis. Il était plus sympa que son collègue qui s'était assis à l'arrière, probablement pour me surveiller.

– J'ai l'impression qu'il ne m'aime pas beaucoup, j'ai dit, en montrant l'arrière de l'appareil avec le pouce.

Jarvis a semblé embarrassé par ma remarque. Un peu comme s'il était d'accord avec moi mais désirait rester fidèle à son pote.

– Bah… Vacarello n'aime pas trop les invasifs. C'est un partisan du Sénateur Newman, celui qui veut fermer les accès à la planète. Mon collègue a réuni difficilement le fric nécessaire pour atteindre Reborn et il craint que la planète ne soit envahie par les derniers Terriens.

– On devait avoir le droit de s'installer sur Reborn comme n'importe qui, j'ai répondu.

– Tu as probablement raison, a dit Jarvis, mais ce n'est pas moi qui fais les lois.

Dans la nuit, l'immense cité était quadrillée par des points lumineux. À perte de vue, les leds qui éclairaient les grandes artères d'Epsilon ressemblaient à des étoiles tombées sur le sol.

– Alors, tu viens d'où ? m'a demandé le flic.

– De la Terre ! D'où voulez-vous que je vienne ?

Il s'est mis à rire :

– Évidemment que tu viens de la Terre ! Mais d'où ? Moi, je suis de Montréal et j'ai la nostalgie de mon vieux pays.

– Vous n'êtes pas bien sur Reborn ?

– C'est différent ! Et puis, la question ne se pose pas. La Terre n'est plus viable. Alors ? Tu viens d'où ?

– Je suis né au Vietnam mais ce pays n'existe quasiment plus.

Le flic a soupiré longuement :

– Je sais. Ma femme et moi, nous suivons la montée des eaux. Le Canada sera probablement le prochain pays à disparaître.

On n'a plus rien dit pendant quelques minutes.

– Raconte-moi comment tu es arrivé jusqu'ici ?

m'a demandé le flic.

– Ça va être long !

Il a fait un geste vague de la main qui voulait dire qu'on avait pas mal de temps devant nous.

Mon père a finalement trouvé un passeur pour nous mener jusqu'à Reborn. Il était cher, très cher, le voyage. Le proprio profitait de la détresse des derniers terriens pour faire grimper les prix. Son vaisseau s'appelait le Rio de Janeiro. Il paraissait si vieux, sa carlingue avait été réparée tant de fois qu'on avait du mal à croire qu'il pourrait s'arracher à l'atmosphère terrestre et nous conduire sur la planète aux deux soleils. L'appareil datait des années 2020 et fonctionnait encore comme les anciennes navettes spatiales inspirées des avions. Il était complètement dépassé.

Pour une somme d'argent astronomique, le propriétaire, un sud-américain, nous a promis qu'il nous déposerait dans un endroit désert de Reborn, à l'insu des intercepteurs, et que nous pourrions rejoindre aisément Epsilon, une des plus grandes villes de la planète. Après, c'était à nous de jouer.

Nous avons embarqué en février 2064 avec d'autres émigrants. Des africains et des asiatiques pour la plupart. Le propriétaire nous avait demandé de nous charger le moins possible de bagages. C'est ainsi que Papa, Maman et moi, nous sommes partis vers une autre galaxie, armés d'un petit sac pour chacun.

– C'est encore une arnaque pour charger plus de monde dans sa navette pourrie, a râlé Papa.

Le trajet durait presque une centaine d'heures, nous devions prévoir notre nourriture.

Tous les passagers avaient payé une fortune le droit d'embarquer dans ce cercueil volant. Dès le décollage, la tension est devenue palpable, les gosses hurlaient de terreur et les parents s'accrochaient à leur siège.

Le Rio de Janeiro s'est arraché à l'attraction terrestre avec beaucoup de difficultés. Pourtant, une fois dans l'espace, nous avons senti la puissance de ses gigaturbos et nous nous sommes détendus. L'appareil en avait dans le ventre. Mon père s'est retourné vers moi. Il était rassuré.

Les yeux rivés aux hublots, nous avons vu s'éloigner la planète Terre. Je n'ai pas osé trop regarder mais, à ma gauche, j'ai senti ma mère pleurer. Tous les passagers étaient envahis par l'émotion. Nous abandonnions une planète sur laquelle notre espèce vivait depuis le début de l'humanité.

De loin, elle n'avait jamais autant mérité son nom, la planète bleue. L'eau recouvrait presque toute sa surface. Seul l'hémisphère nord était encore identifiable. Le reste des terres avait été transformé par l'avancée des eaux et ne ressemblait plus à aucune carte connue.

La Terre, notre Terre, s'éloignait à toute vitesse. En quelques minutes, elle disparut non seulement de notre vue mais peut-être aussi de nos vies. Du moins, nous l'espérions.

Le voyage fut long et pénible. Les petits enfants ne tenaient plus en place après deux heures. Quelques écrans proposaient de vieux films, quand ils n'étaient pas tombés en panne.

Sur les vaisseaux plus chics que le Rio de Janeiro, les passagers sont endormis artificiellement pendant le voyage et des rêves rassurants leur sont envoyés au cerveau à travers une électrode posée à l'arrière du crâne. De même, le voyageur est nourri artificiellement par injection des principaux nutriments nécessaires. À l'arrivée, les passagers sont reposés et en pleine forme.

Rien de tout cela sur le Rio. Ma seule consolation était d'observer l'espace infini et les planètes désertes que nous croisions.

Mes parents n'ont pratiquement pas ouvert la bouche pendant le voyage. Mon père a essayé de dormir et ma mère évitait de pleurer.

Je savais qu'ils entreprenaient cette aventure pour moi avant tout. Ils ambitionnaient de m'offrir un avenir plus attrayant.

S'ils n'avaient pas eu d'enfant, ils auraient pu terminer leur vie sur la Terre avec les quelques millions d'humains qui y vivaient encore. Mais voilà ! Ils avaient un fils de quinze ans. La Terre, c'était du passé. Reborn était devenue la planète sur laquelle se développait la société des humains, et pour moi, pour mon avenir, ils étaient capables d'aller jusqu'au bout de l'univers.

Après des heures et des heures de vol, le commandant de la navette nous a annoncé que nous approchions de l'atmosphère de Reborn. C'était le moment où le voyage devenait périlleux. À partir de cet instant, toute liaison radio était prohibée. Nous étions devenus des clandestins.

Le pilote a diminué la vitesse de l'appareil et nous a plongés dans le noir le plus complet pour tenter d'éviter les faisceaux des scopes magnétiques et les patrouilles d'intercepteurs.

Notre seul avantage, c'était que le vaisseau était petit et qu'il avait quelques chances de passer inaperçu.

Dans la carlingue, nous étions tous très stressés et silencieux. Soudain, sur la droite, quelqu'un a crié : « Regardez ! »

J'ai cru qu'il s'agissait d'un chasseur de Reborn qui nous avait repérés, mais à travers le hublot, j'ai aperçu les deux soleils de notre nouvelle planète qui répandaient une lumière dorée. Après le long voyage dans l'obscurité de l'espace, les rayons des soleils m'ont ébloui les yeux.

Dans l'appareil, personne ne pouvait détacher son regard des deux soleils. Et puis, quelques minutes plus tard, la planète est apparue dans notre champ de vision. Une planète d'un noir d'encre aussi grosse et ronde que la Terre mais sans aucune trace d'eau sur sa surface.

– Reborn ! a soupiré mon père en me regardant et en me serrant le bras. Je sens que tu y accompliras de grandes choses.

J'ignore quelle était la stratégie du pilote pour éviter les garde-planètes Reborniens mais elle ne fut pas efficace. En effet, dès l'approche de la planète, notre vaisseau s'est rapidement fait encadrer par deux chasseurs qui avaient pour mission de nous conduire sur un aéropôle. Nous avions tous raté notre coup. Le but était de s'introduire sur Reborn comme clandestins et voilà qu'en quelques minutes, nous étions devenus des émigrants officiels.

Les autorités craignaient que la navette remplie de candidats émigrants ne se pose n'importe où et que nous nous éparpillions dans la nature. Les chasseurs ont dû communiquer des ordres au pilote parce que le Rio de Janeiro a sérieusement diminué sa vitesse en se rapprochant de Reborn. Dans le ciel, pas un seul nuage et au sol, des étendues désertiques. Peu de montagnes, à première vue.

Quelques collines tout au plus. Nous avons survolé une ville immense presque complètement construite en résine et en fibre de verre.

– C'est Epsilon, a déclaré un passager.

La ville fut dépassée et le Rio s'est présenté face à une piste d'atterrissage. À travers le hublot, j'ai bien vu des miliciens en armes et des fourgons.

– Notre comité de réception, j'ai soupiré.

Et en effet, dès l'arrêt du vaisseau spatial, des hommes armés ont encadré l'appareil. Les portes se sont ouvertes et, pour la première fois, j'ai respiré l'air de Reborn.

Je l'ai trouvé moins pollué que sur la Terre. Plus piquant et plus frais. Les deux soleils brillaient faiblement. Il ne faisait pas plus de 15°.

Chapitre 5

Dès le début, j'ai senti que tout serait compliqué. Des robots armés nous ont conduits dans un local immense où nous avons attendu plusieurs heures. Ensuite, des miliciens nous ont demandé nos papiers électroniques mais sur le même ton brutal qu'ils auraient utilisé avec des terroristes.

– Nous sommes des migrants comme vous, a déclaré Papa qui ne tenait pas en place.

– Ta gueule ! a rétorqué un milicien.

– Nous avons droit à notre processeur identitaire, a encore hurlé mon père.

Le même milicien l'a frappé violemment sur la tête avec son arme :

– Tu vas te taire, oui ?

Le crâne de mon père était ouvert et saignait abondamment mais il a encore eu le courage ou la folie de crier :

– Nous avons un nombril comme le vôtre !

Personne n'est venu nous apporter ni à boire ni à manger. Après la centaine d'heures de voyage et l'attente interminable, les enfants n'avaient même plus la force de pleurer, ils se contentaient de gémir faiblement.

Après plusieurs heures, un fonctionnaire invisible s'est adressé à nous à travers un micro. Il nous a expliqué que la place manquait sur Reborn pour accueillir tous les migrants et que nos cas seraient examinés, famille par famille.

Un homme a crié que de la place, il y en avait.

– Du vaisseau spatial, j'ai aperçu de vastes étendues désertiques !

Un milicien l'a obligé à se taire. Malgré l'incident, la voix du fonctionnaire n'a marqué aucune pause, pas une hésitation et j'ai compris qu'il s'agissait d'une voix enregistrée. Il a encore ajouté que des formulaires allaient nous être distribués et qu'il nous fallait motiver notre demande d'installation sur Reborn. L'hypocrisie du système nous a tous rendus fous de rage.

Mes parents ont rempli des formulaires interminables avec des questions sur nos origines, le nombre d'enfants et les raisons pour lesquelles ils désiraient migrer.

– Les salauds ! a gueulé mon père. Comme s'ils ignoraient que la Terre se noie !

On nous a trouvé un logement provisoire dans une immense salle équipée de matelas et de sacs de couchage.

Les autorités nous avaient rassemblés là, en attendant... En fait, je n'ai jamais su ce que nous attendions. Le processeur identitaire ? Un retour sur la Terre ? On ne nous a jamais dit ce qui pourrait nous arriver.

Avec le temps, on s'est liés avec d'autres familles qui, elles aussi, avaient fui la Terre. Des gens comme nous, des pauvres qui avaient rassemblé tout ce qu'ils possédaient pour émigrer sur Reborn.

Sur Reborn, il y avait à manger en suffisance, mais la nourriture était infecte. Les scientifiques de Reborn tentaient de faire pousser les mêmes céréales, fruits et légumes que sur notre planète d'origine mais ils n'y parvenaient pas tout à fait. Les aliments gardaient toujours un goût légèrement différent de celui que nous avions en mémoire. Les uns pensaient que c'était à cause de la terre noire qui recouvrait la nouvelle planète, ou à cause de l'eau dont la formule chimique n'était pas tout à fait pareille, mais d'autres affirmaient qu'il s'agissait du goût de la nostalgie.

Pour des raisons économiques évidentes, les recherches battaient leur plein. Le laboratoire qui parviendrait à recréer la tomate, la pomme ou la banane exactement comme sur la Terre emporterait tout le marché de l'agroalimentaire.

L'agriculture et l'élevage étaient encore balbutiants, les fruits et les légumes étaient chers sur Reborn si bien que, nous, les émigrants, on nous nourrissait exclusivement de capsules de nutriments essentiels et d'une eau au goût bizarre.

Nous avons vécu une année dans ce camp. Les journées se traînaient et nous aussi. Pourtant, mes parents ne se plaignaient jamais. Leur but dans la vie était d'offrir une nouvelle vie à leur fils et l'attente faisait partie du processus.

Des profs venaient régulièrement nous donner cours. Des gens généreux pour qui tous les humains avaient le droit de s'établir sur Reborn. Parmi eux, j'ai fait la connaissance de Miss Harckman, une adorable prof super politisée.

Avec son mari, elle participait à toutes les manifestations qui demandaient la régularisation de tous les migrants de l'ancienne Terre.

– Le processeur identitaire pour tout le monde, martelait-elle.

Régulièrement, elle s'approchait de moi pendant les cours et me demandait si on avait reçu des nouvelles de l'administration rebornienne.

Chaque fois, je lui répondais par la négative. Elle me serrait alors le bras et me chuchotait :

– Garde confiance ! Vous allez recevoir votre PI, j'en suis sûre !

Nous passions nos journées à regarder le grand télé-cran où défilait l'actualité de Reborn. Des personnalités s'affrontaient sur la politique d'immigration de la capitale. Le plus farouche adversaire des migrants était le sénateur Alan Newman, un grand type en combinaison sombre qui répétait sans cesse les mêmes slogans : « Reborn doit fermer ses frontières. La planète est bien trop petite pour accueillir tout le monde. La violence urbaine va s'amplifier si on accepte tous les migrants ! ».

La ville d'Epsilon, on la voyait au loin, surtout la nuit quand elle brillait de mille feux, mais jamais on ne nous a permis d'aller la visiter.

Pendant cette année, nous n'avons jamais perdu l'espoir d'être régularisés. Régulièrement, de nouveaux migrants en provenance de la Terre nous rejoignaient. Les nouvelles n'étaient pas bonnes. Le niveau des océans montait toujours, même si le phénomène s'était ralenti. Les humains étaient livrés à eux-mêmes. Plus d'autorité, plus de gouvernants, partout régnaient la loi du plus fort et le chaos. Les der-nières villes encore debout étaient aux mains des pillards. En conséquence, les prix des passeurs capables d'emmener des familles jusqu'à Reborn flambaient.

Se lever n'avait pas de sens, se coucher non plus. Nous attendions notre processeur identitaire et quand mon père demandait des informations à l'administration du camp, on lui répondait invariablement que nous aurions des nouvelles très rapidement.

Après une année d'attente, les choses se sont gâtées.

Tout d'abord, les autorités ont commencé à refuser l'arrivée de nouveaux migrants sous prétexte que la surface de Reborn ne pouvait plus accueillir personne. C'est par Miss Harckman que nous recevions ce genre d'infos. Des chasseurs reborniens avaient tiré sur des vaisseaux spatiaux et les avaient obligés à faire demi-tour.

Elle nous a annoncé que son association avait organisé une grosse manifestation contre la politique du Sénateur Newman.

– Vous verrez, on va gagner !

– Peut-être… mais Alan Newman semble avoir le vent en poupe.

– Ce n'est qu'un petit égoïste que nous allons battre à plate couture aux prochaines élections !

Son enthousiasme était communicatif. Cette femme et ses amis croyaient à l'humanité des humains et pourtant, je commençais à avoir des doutes.

Quelques semaines plus tard, nous avons appris que

dans les camps proches du nôtre, la milice avait commencé à évacuer les migrants en les renvoyant sur Terre. Des vaisseaux militaires embarquaient jusqu'à cinquante mille émigrés par jour pour les déposer sur leur planète d'origine.

De mon sac de couchage, je voyais le ballet régulier des vaisseaux spatiaux, grands comme des buildings, décoller et revenir. Les appareils étaient constellés de petites lumières pour éviter les accidents en pleine nuit. J'imaginais que chaque loupiote représentait une famille en train de disparaître dans l'espace.

Et puis, ce fut le tour de notre camp de commencer à se vider. Des familles entières devaient rassembler leurs maigres bagages et repartir. J'ai vu des enfants partir vers une planète où ils n'avaient jamais mis les pieds.

Le bonheur de vivre en paix sur une nouvelle planète, jour après jour, s'y habituer, s'y faire des amis, est directement proportionnel au désespoir d'être obligé de la quitter. Comment expliquer ce sentiment ? C'est un peu comme si vous marchiez dans la neige et le froid vers un chalet éclairé et chauffé par un bon feu de bois. Le chalet représente les papiers d'identité. Vous marchez péniblement un an, deux ans, quatre ou cinq longues années, le chalet se rapproche un peu chaque jour, vous pensez que bientôt vous y arriverez quand soudain, l'immense main de l'administration s'empare de votre petit corps et vous renvoie chez vous d'une pichenette.

Au début, la plupart des retours se faisait dans le calme, les gens étaient résignés, désespérés même. Puis, des jeunes ont commencé à se révolter et à résister à l'embarquement. Des miliciens furent appelés en renfort. Ils forçaient les gens à monter dans les vaisseaux à coups de rayons électromagnétiques. Les cris de souffrance des adultes et les pleurs des enfants résonnaient dans les camps comme un signal d'alarme pour chacun.

Dès le moment où mon père a compris que l'affaire était pliée, il nous a dit à Maman et moi :

– On ne va pas se laisser mener à l'abattoir comme des moutons !

Je lui ai demandé s'il comptait s'enfuir du camp.

– Évidemment ! Tu vois bien qu'ils ont fermé l'accès de la nouvelle planète. S'il s'agissait de ta mère et de moi, on pourrait rentrer et essayer de survivre sur la Terre. Mais il n'y a aucun avenir pour toi là-bas. Ton avenir est ici !

En prononçant ces mots, Papa a indiqué du doigt plusieurs fois le sol noir de Reborn.

– On n'a aucune chance d'y arriver, Papa, y'a des miliciens partout autour du camp, sans compter les robots et intercepteurs, si on arrive à se sauver.

– On tente notre chance cette nuit ! a-t-il ajouté, comme s'il ne m'avait pas entendu.

Chapitre 6

La navette de la police a fini par se poser sur le toit du commissariat central d'Epsilon, un grand bâtiment sombre qui avait des airs de prison.

– Comment vous êtes-vous enfuis du camp ? a demandé Jarvis alors que nous suivions des couloirs tristes éclairés par une lumière jaunâtre.

Avant de lui répondre, j'ai fait la grimace.

– Ce fut un désastre. À l'époque, je n'avais pas compris que mon père ne désirait pas vraiment s'enfuir. Reborn ne l'attirait pas. Il se sentait mieux sur sa bonne vieille Terre qui prenait l'eau. Son véritable but était de me donner un avenir sur la nouvelle planète. Le reste, il s'en fichait.

Quand le camp juste à côté du nôtre a été vidé de ses réfugiés par les miliciens, le soir même, nous nous sommes évadés. Enfin, nous avons tenté le coup.

Avec des petits outils volés par mon père, on a eu aucun mal à découper le hublot le plus proche. On s'est tirés, Papa, Maman et moi ainsi qu'une autre famille, des indonésiens qui avaient des enfants en bas âge et avec qui on s'était liés d'amitié. Pour tout bagage, nous avions chacun un sac à dos qui contenait quelques gélules alimentaires, des pastilles d'eau, une couverture chauffante et quelques vêtements.

Le problème, c'est que sur la surface du hublot court une ligne magnétique. Dès le moment où elle est entamée, l'alerte est donnée aux miliciens.

Nous avons couru le plus vite possible vers la ville illuminée au loin. Les indonésiens se sont fait prendre en premier car leur course était ralentie par les enfants qu'ils portaient dans leur bras.

– Halte ! a lancé une voix enregistrée.

Des faisceaux lumineux les ont figés sur place comme des insectes et très vite les intercepteurs les ont survolés en les obligeant à se coucher sur le sol. Terrifiés, les enfants pleuraient.

Ma mère m'a obligé à regarder droit devant nous, vers Epsilon.

– On ne peut rien faire pour eux, a-t-elle dit.

Pendant un laps de temps assez court, les miliciens ont cru que les indonésiens étaient les seuls à s'être évadés, ce qui nous a permis de nous éloigner du camp. Un quart d'heure plus tard, une autre sirène donnait une nouvelle alerte.

– Ils ont découvert que nous étions manquants, a fait mon père.

Il s'est retourné vers moi et m'a dit :

– Si ta mère et moi sommes pris, tu fonces sans te retourner ! Tu m'entends ?

Des larmes ont immédiatement inondé mon visage.

– Oui, Papa, mais…

– Il n'y a pas de mais ! C'est un ordre !

J'ai regardé ma mère. Son visage était déterminé.

– Ton père a raison, a-t-elle dit. On en a déjà discuté. Si nous sommes venus jusqu'à Reborn, c'est pour que tu puisses y vivre. Revenir sur Terre avec toi serait un échec.

C'est à ce moment-là que mon père m'a offert la memobox.

– Tout ce que tu as vécu jusqu'ici est enregistré sur ces images. Ta mère, ton père et ta planète, mon garçon.

J'ai voulu dire quelque chose mais mes parents se sont détournés de moi et ont continué à marcher vers Epsilon.

À ce moment précis, nous n'étions pas encore sortis du camp. Des câbles magnétiques délimitaient la zone. Sur Terre, mon père avait construit des délimitations similaires. Elles étaient utilisées pour créer des zones d'habitations pour les riches. Il savait comment les déconnecter.

Un relais se trouvait à moins d'une dizaine de mètres. À l'aide d'un couteau, il est parvenu à créer une brèche dans l'onde magnétique, à travers laquelle nous nous sommes engouffrés.

– Attention, a fait mon père, à présent, ils savent exactement où nous sommes.

Il avait raison. Quelques secondes plus tard, deux intercepteurs se dirigeaient droit vers la brèche. J'avais déjà eu l'occasion d'apercevoir ces robots au camp et on en avait abondamment parlé sur Terre. Ils ressemblaient à des araignées mécaniques à huit bras articulés. Au sol, ils étaient d'une extraordinaire rapidité. Les intercepteurs ont été créés pour rechercher les invasifs comme nous, les gens qui ne possèdent pas de processeur identitaire. Ils sont à la fois terrestres et volants. Ils sont capables de traquer les invasifs en captant la chaleur des corps et en vérifiant la présence de PI.

Nous courions le plus vite possible sur la terre noire mais je voyais que les forces de ma mère déclinaient. Son souffle était plus court, ses pas moins tranchés. De son côté, Papa ne valait guère mieux. Une année d'immobilité dans le camp n'avait pas amélioré leur condition physique.

On se traînait. Tous les cinquante mètres, je m'arrêtais pour les attendre. Il était certain que les intercepteurs allaient fondre sur nous dans quelques minutes. Je n'osais rien dire.

Je subissais les événements qui ne tarderaient pas à mal tourner. C'est mon père qui a pris la terrible décision aux pieds d'une colline rocheuse. D'une voix haletante, il a stoppé net notre course. Les mains sur les cuisses, le buste en avant, la bouche grande ouverte à la recherche d'oxygène.

– On va se séparer ici ! a-t-il dit d'une voix essoufflée. Ta mère et moi, nous ne pourrons pas aller plus loin.

Je me suis retourné vers lui en tremblant.

Au loin, les lumières des intercepteurs se rapprochaient rapidement. Pas de doute, ils avaient retrouvé notre trace.

– Écoutez, j'ai dit,... je préfère retourner sur la Terre avec vous.

– Il n'en est pas question, a répondu fermement ma mère. La Terre serait ton cercueil. Ce n'est pas ce que nous désirons pour toi, Chuong.

– Mais je ne m'en sortirai pas sans vous !

Le temps pressait. Maman m'a pris dans ses bras. Ses larmes ont coulé dans mon cou et les miennes sur son visage.

– Nous t'aimons, Chuong. Notre séparation est douloureuse mais nécessaire.

J'ai senti les bras de mon père me serrer aussi. Nous sommes restés enlacés quelques secondes comme si nous désirions souder notre famille une dernière fois.

Nos souffles, nos larmes et nos mains se mélangeaient avidement. Puis, mon père a dit :

– Ils approchent ! Il faut te cacher ! Vite !

On s'est embrassés comme des assoiffés, et mes parents se sont éloignés de moi.

– Bonne chance, mon fils, a dit Maman dans un sanglot.

J'ai couru sur quelques mètres et je me suis caché derrière les premiers rochers. Fuir plus loin donnerait une piste de chaleur aux intercepteurs, je le savais.

De leur côté, mes parents se sont dirigés vers les robots dans l'espoir que les machines stopperaient net à leur niveau.

Deux intercepteurs se sont positionnés une dizaine de mètres juste au-dessus de mes parents. De ma cachette, j'ai bien vu une espèce de tentacule pointer un scanner vers le nombril de ma mère, s'enrouler autour de sa taille et l'emporter d'un coup. Puis, le même intercepteur s'en est pris à Papa qui a disparu à l'intérieur de la machine.

L'autre s'est avancé jusqu'à l'endroit où nous nous étions embrassés une dernière fois. Ma chance, c'était que le niveau de chaleur de notre adieu familial était tel qu'autour, la température baissait brutalement.

L'intercepteur est resté immobile au-dessus de ce qui restait de nos adieux. J'ai baissé la tête et j'ai tenté de respirer le plus calmement possible. Après quelques secondes, j'ai entendu les intercepteurs s'éloigner.

Je me suis relevé. J'étais seul. Mes parents disparaissaient là-bas dans le ventre des robots, je voyais leurs leds s'éloigner dans la nuit. Sous le choc, je suis tombé à genoux sur la terre noire et maudite de Reborn et j'ai pleuré longtemps.

Chapitre 7

Dès notre arrivée à la police criminelle, les flics m'ont conduit dans une salle d'interrogatoire où j'ai poireauté plus d'une heure. Il ne fallait pas être très malin pour se rendre compte que des caméras contrôlaient chacun de mes mouvements et que des micros étaient prêts à enregistrer mes déclarations.

J'avais faim. Avant de m'abandonner dans la salle d'interrogatoire, les flics m'ont enlevé les menottes magnétiques.

– Tu vois... on te fait confiance, m'a jeté le gros flic sur le ton de l'ironie.

Je lui ai répondu que c'était logique. Après tout, c'est moi qui avais appelé les secours et qui les avais attendus sur le pas de la porte. A priori, je ne désirais pas m'échapper.

– Ouais... on verra ça ! a grogné le flic.

Après un peu plus d'une heure, Jarvis s'est finalement pointé avec un dossier sous le bras. Le mien ? Je lui ai demandé comment allait Angèle.

– Angèle ?

– Madame Nguyen.

– Ah oui ! s'est rappelé le flic qui ne parvenait toujours pas à croire qu'un gars comme moi pouvait appeler une Rebornienne par son prénom.

L'état de santé d'Angèle, il n'en savait rien. Aucune communication ne lui était parvenue de l'hôpital.

Jarvis m'a seulement lâché que son collègue cherchait à prévenir sa famille mais qu'il avait du mal à la retrouver.

– Je sais seulement qu'elle a un fils mais le mieux, c'est qu'il reste éloigné d'elle. Ce type est extrêmement violent. C'est probablement lui qui l'a rouée de coups !

Le flic est resté silencieux quelques secondes. Il ne me croyait pas, c'était évident.

– C'est une accusation grave, Monsieur... Pham ! Qu'est-ce qui vous permet d'être aussi sentencieux ?

– Angèle me l'a plus ou moins dit.

– Plus ou moins ?

– Elle était trop fière pour me l'avouer mais son fils était la seule personne qui venait lui rendre visite et qui aurait pu la frapper.

L'inspecteur a laissé passer quelques secondes avant de lâcher :

– La seule personne qui lui rendait visite… avec vous !

Je n'ai rien répondu. Il avait raison. J'avais l'impression d'être KO debout. La nasse se refermait sur moi.

Le regard du flic a glissé de mon visage à mes mains. J'ai bien tenté de les cacher sous la table mais il était trop tard. Sur mes mains, le sang d'Angèle avait séché. Mes ongles étaient noirs de crasse et mes mains pleines de croûtes. L'image que je donnais était loin d'être terrible. À cet instant précis, j'ai senti que j'étais le principal suspect dans cette affaire et j'ai commencé à regretter de ne pas m'être enfui au moment où les secours étaient arrivés.

Vacarello est entré dans la salle d'interrogatoire et a chuchoté quelques mots à mon interlocuteur.

– Nous ne parvenons toujours pas à mettre la main sur le fils d'Angèle Nguyen, a déclaré Vacarello. Tu sais quelque chose sur lui qui pourrait nous mettre sur sa piste ?

– Non. Angèle m'a toujours dit que moins j'en saurais sur son fils, plus je serais en sécurité.

– Vous savez pourquoi ? a demandé Jarvis.

– D'après ce que j'ai compris, le fils d'Angèle n'aurait pas apprécié mes visites. Il déteste les invasifs.

– C'est peut-être toi qui as menacé de cogner la vieille si elle faisait mention de ton existence, a suggéré l'autre flic.

Ce type me fatiguait. J'ai haussé les épaules.

– Je vous rappelle que c'est moi qui ai appelé les secours !

– Peut-être mais avant de nous contacter, tu aurais pu la voler, la vieille ?

Je me suis levé brutalement.

– Vous n'avez qu'à me fouiller... vous ne trouverez rien.

Le gros flic a jeté un regard méprisant à ma combinaison dégueulasse.

– Rassieds-toi, m'a conseillé Jarvis. T'énerver ne te rapportera rien.

Vacarello a allumé un autre écran virtuel devant lui. Une image en 3D de Papa et Maman est apparue avec des tonnes d'informations. Et puis, une photo de moi. Elle datait.

– Tu es recherché comme invasif depuis plus de six mois, n'est-ce pas ?

J'ai hoché la tête. C'était vrai.

Vacarello a lu mon dossier à Jarvis : la fuite de ma famille du camp de rétention et l'arrestation de mes parents par les intercepteurs.

– Et depuis ce jour-là, le jeune homme que tu as devant toi avait disparu... pffft... envolé !

Je lui ai demandé s'il avait des nouvelles de mes parents. L'homme s'est penché vers la table tactile et m'a lâché, méprisant :

– Le lendemain de leur tentative d'évasion, ils sont repartis vers leur bonne vieille planète !

– C'était aussi la vôtre ! j'ai crié.

– Ah non, mon garçon, ce n'est plus la mienne depuis bien longtemps.

– Vous avez la mémoire courte ! j'ai crié.

– Les envahisseurs dans ton genre, il faut tous les renvoyer dans l'espace !

La conversation prenait un tour qui ne plaisait pas à Jarvis et probablement pas à sa hiérarchie parce qu'il a tapoté l'écran pour mettre fin à l'enregistrement.

Quand il eut la certitude que la conversation n'était plus enregistrée, il a fait remarquer à son collègue, dans l'espoir de le calmer, que le problème n'était pas là.

– Si, justement, a répliqué l'autre. C'est un invasif, il devrait par conséquent être renvoyé sur la Terre. Immédiatement !

Jarvis a répondu qu'il ne pouvait pas m'expulser dans l'immédiat puisque j'étais témoin dans une affaire de violence et peut-être de meurtre, si Angèle mourait.

– Expulse-le sur sa planète et qu'on n'en parle plus !

Vacarello et moi, on s'est toisé du regard. J'aurais tant voulu le jeter sur le sol et le frapper jusqu'à ce qu'il se taise mais Jarvis nous a rappelé qu'on n'était pas là pour discuter politique.

Le gros policier était rouge de colère et de haine.

– Si tu me cherches, je suis dans mon bureau, a-t-il dit à l'adresse de son collègue et il est sorti.

Jarvis et moi, nous sommes restés silencieux quelques minutes.

– Tu veux boire quelque chose ?

– De l'eau.

Il a tapoté sur l'écran tactile et moins d'une minute plus tard, un robot sur chenille m'apportait un contenant. En même temps, Jarvis remettait l'enregistrement de notre conversation en marche.

– Je suis désolé mais je dois continuer l'interrogatoire, a dit l'inspecteur. Que s'est-il passé quand tu t'es retrouvé seul, sans tes parents ?

– Quand les intercepteurs ont disparu, au loin, j'étais désespéré mais je me suis raccroché aux dernières paroles de mon père. « Ton avenir est ici ! ».

J'ai commencé immédiatement à avancer vers Epsilon dont j'apercevais les leds au loin.

J'ai marché plusieurs heures avant de rejoindre la ville. Faut dire aussi que je me retournais régulièrement pour éviter de me faire surprendre par une patrouille d'intercepteurs. J'ai traversé des champs où les Reborniens tentent de faire pousser les mêmes fruits et les mêmes légumes que sur la Terre. Affamé, j'ai arraché une carotte du sol noir, je l'ai nettoyée avec mes mains et je me suis forcé à la manger toute entière : elle était infecte.

Des champs s'étendaient à perte de vue. Je n'ai rencontré

personne de vivant. Seuls des robots agricoles travaillent dans ces champs, nuit et jour. Des carottes étaient plantées sur plusieurs kilomètres carrés et puis, des tomates et encore plus loin, du riz.

Je suis finalement arrivé en bordure d'Epsilon à l'aube. Les deux soleils se levaient progressivement derrière moi et éclairaient la ville de mille feux. Elle était belle et si parfaite. De larges avenues bordées d'habitations alvéolaires et quelques arbres sans oiseaux.

J'étais épuisé. Il fallait absolument que je me repose dans un endroit où les intercepteurs ne viendraient pas me chercher.

J'ai trouvé assez vite un ensemble d'alvéoles en construction, en bordure d'Epsilon. Les travaux paraissaient arrêtés.

Je me suis réfugié dans une cave plus ou moins protégée et je me suis endormi presque immédiatement.

Je n'ai pas dormi plus de deux heures dans le bâtiment en construction. Le brouhaha de la ville en effervescence m'a réveillé très vite. L'absence de mes parents s'est tout de suite imposée à moi et m'a tordu les tripes. Où étaient-ils ? Déjà en route vers la Terre ? Les autorités attendaient-elles que la famille soit regroupée pour l'expédier dans l'espace ? Pourvu qu'ils ne souffrent pas trop !

J'avais conscience que je ne les reverrais probablement jamais. Le désespoir était un de mes ennemis. Je ne pouvais pas m'offrir le luxe de me laisser abattre, c'était condamner mes pauvres chances.

L'activité de la ville, je l'ai reçue comme un coup de poing en plein visage. Des véhicules volants et des robots partout et la foule immense et compacte, tous en combinaison fluorescente. Partout dans la rue, des écrans publicitaires virtuels que la foule traverse allègrement. Beaucoup de pubs pour les prochaines élections. Le visage d'Alan Newman revenait en boucle avec son slogan : « Restons entre nous ! ».

La ville était fascinante mais je n'avais pas le temps de faire du tourisme. J'avais un plan : trouver Miss Harckman. À l'époque où elle me donnait cours, la prof était tellement persuadée que nous recevrions notre processeur identitaire qu'elle m'avait donné son adresse en disant : « N'hésite pas à venir me rendre visite ! ».

J'ai marché.

Les rues d'Epsilon sont larges, rectilignes et numérotées si bien que trouver une adresse dans cette énorme cité était un jeu d'enfant. Harckman. 7564e rue Est, numéro 34980F.

Dès le moment où j'ai quitté l'abri du bâtiment en construction, je me suis senti en danger. Le regard des Reborniens sur moi tout d'abord : ma vieille combinaison tranchait avec les vêtements impeccables des autochtones. Et puis, à une trentaine de mètres du sol, des intercepteurs patrouillaient au-dessus de la cité à la recherche des invasifs. Leurs rayons analysaient les processeurs identitaires des passants à travers leurs vêtements. Enfin plutôt, l'absence de circuit électronique dans le nombril. La première fois, j'ai failli me faire surprendre. Je marchais dans la foule qui se rendait au boulot quand, soudain, un intercepteur s'est positionné devant nous. Il a dardé une espèce de rayon jaune en direction des nombrils des premiers passants. Visiblement, sur Reborn, tout le monde a l'habitude des contrôles car personne n'a réagi, chacun a poursuivi son chemin, tranquille, sauf deux filles qui sont parties en sens inverse au moment précis où le rayon était sur le point de les toucher.

Elles sont passées en courant à dix centimètres de moi. Jeunes, noires de peau, pas plus de vingt ans. La panique se lisait dans leurs yeux. La moins rapide des deux s'est fait rattraper par le tentacule. Tout s'est passé si vite que j'ai eu l'impression de rêver en pleine rue. Les doigts du tentacule se sont emparés de la taille de la fille et l'ont amenée jusqu'au corps de l'intercepteur. Et puis, elle a disparu dans une coque en métal, exactement comme mes parents. L'autre fille a poursuivi sa course sans se retourner.

Un autre tentacule a bien tenté de la capturer mais sans succès. On l'a tous regardée disparaître à toute vitesse à l'angle de la rue avec l'intercepteur à ses trousses. Très vite, d'autres machines volantes sont apparues sur les lieux et les gens se sont remis en route.

– Elle n'a aucune chance, a dit une femme.

– Oui et on ne peut rien faire pour elle, a ajouté un homme.

Ainsi, je n'étais pas le seul être humain sur Reborn à me promener sans processeur identitaire. D'autres émigrants avaient aussi tenté leur chance.

Après cet épisode, je me suis méfié des intercepteurs et j'ai commencé à marcher le nez en l'air. Quand un robot se montrait, j'entrais précipitamment dans un magasin où ma combinaison sale attirait le regard agressif des vendeurs.

– Voulez-vous sortir, Monsieur ? Vous n'avez rien à faire ici.

Je traînais un peu jusqu'à ce qu'on me fiche à la porte mais en général, ma ruse réussissait car l'intercepteur avait disparu.

Jamais les habitants d'Epsilon n'ont alerté la milice en me voyant, même pas les vendeurs désagréables des magasins. Il suffisait que je disparaisse de leur vue pour les calmer. Par contre, j'ai été frappé par les écrans translucides et virtuels qui s'affichaient sur les bâtiments alvéolaires et qui montraient la tête d'Alan Newman reprenant en boucle son discours haineux sur les invasifs. Les gens passaient à travers les écrans comme si la politique ne les intéressait pas.

J'ai trouvé très rapidement l'adresse de Miss Harckman.

Dans un premier temps, je n'ai pas osé sonner. Et si elle n'était pas heureuse de me voir ? Finalement, je débarquais dans sa sphère privée sans l'avertir, elle pourrait tout aussi bien me jeter dehors comme les vendeurs dans les magasins.

J'ai attendu. Longtemps. Juste en face de chez elle. Elle était peut-être partie enseigner quelque part en ville ou au camp d'émigrants, s'il restait encore quelqu'un à qui donner cours. Tout à coup, sa silhouette familière est apparue au bout de la rue.

– Miss… Miss Harckman !

Surtout ne pas lui faire peur.

Elle s'est retournée, a plissé ses yeux de myope derrière ses lunettes.

– C'est toi, Chuong ? Tout le monde te cherche !

– Je sais.

– La milice est venue me poser des tas de questions sur toi. Ils pensaient que tu pourrais tenter de me contacter.

Elle m'a regardé en souriant :

– Ils ne sont pas si bêtes, finalement, puisque c'est ce que tu as fait ! Je suis bien contente de te voir. Entre vite !

Miss Harckman avait la nostalgie de la Terre. Dès que je suis entré chez elle, cette évidence m'a sauté aux yeux.

Des plantes grimpantes prenaient leurs aises en s'attaquant aux meubles et même au communicator et aux screenbooks, les livres écrans.

– Tu veux du thé ?

– Oui.

– Assieds-toi.

Par reconnaissance vocale, elle a fait chauffer de l'eau. J'ai attendu sans bouger.

– Tu veux manger quelque chose ? a-t-elle crié depuis l'espace cuisine.

– Oui, s'il vous plaît.

J'avais répondu poliment alors que je crevais littéralement de faim. Ma prof venait de découvrir un oisillon moribond tombé du nid et le volatile, c'était moi.

Elle est revenue avec un plateau fumant, deux bols de thé et de la soupe de légumes.

– Ça va me changer des gélules nutritives !

– Nous n'en achetons jamais. Mon mari et moi, nous essayons de nous nourrir le plus naturellement possible.

Elle s'est assise face à moi. Elle ne se comportait pas

comme un prof mais comme une copine. Nous avons bu chacun un bol de thé avant de prononcer quoi que ce soit.

– Tes parents ont été repris ? a-t-elle fini par demander. Comment est-ce arrivé ?

Je lui ai tout expliqué. Une vague de mots incontrôlés est sortie de ma bouche comme si elle n'attendait que le signal pour sortir. Avec les mots, un torrent de larmes, comme un barrage qui venait enfin de céder. Les bras de Miss Harckman m'ont serré fort et ce geste m'a rappelé Maman. Les larmes sont revenues en force.

Le mari de Miss Harckman est rentré du travail au moment où je séchais mes larmes. Un professeur lui aussi. Un grand type maigre qui ne riait pas tous les jours. Il était au courant de l'affaire. Il était membre d'une organisation qui militait pour l'ouverture de la planète à tous les êtres humains.

– Les riches veulent rester entre eux, m'a-t-il répété plusieurs fois.

J'étais bien d'accord, mais je ne voyais pas comment résoudre mon problème. Lui non plus.

– Tu n'arriveras pas à t'en sortir tout seul, a dit Miss Harckman. Il est impossible de survivre sans moyen financier par ici.

Son mari a acquiescé avec sa longue tête qui ne rigolait pas.

Ils m'ont invité à rester dîner. Un repas presque pareil à celui que préparait ma mère sur la Terre sauf la saveur et le goût.

– J'ai essayé de cuisiner vietnamien, m'a dit Miss Harckman. Nous avons pu trouver du riz, du soja et quelques légumes.

– Merci de cette gentille attention.

– Par contre, tu n'as aucune chance de t'en sortir sans gagner ta vie. Il faudrait te trouver un travail en noir.

– Y aurait bien Slobodan, a suggéré le mari.

– Bonne idée.

Ils m'ont expliqué que Slobodan faisait venir des légumes des terres agricoles autour d'Epsilon.

– Il a toujours besoin de main d'œuvre et souvent, il engage des invasifs pour organiser le travail des robots. C'est un job qui te conviendrait ?

– Je crois, oui.

Ils ne connaissaient pas le communicator dudit Slobodan mais ils m'ont indiqué où je pourrais le trouver. Au grand marché de la ville, à la sortie est, sur l'artère principale.

– Tout le monde connaît Slobodan, là-bas, a ajouté Miss Harckman.

Les deux soleils de Reborn ont disparu rapidement à l'horizon.

– Je suppose que tu ne sais pas où dormir ?

Les Harckman m'ont proposé de passer la nuit dans l'ex-chambre de leur fille qui s'était mariée l'année dernière. J'étais épuisé et perdu. J'ai accepté.

Miss Harckman m'a proposé de passer mes vêtements au nettoyage chimique. En dix minutes, ma combinaison et mes sous-vêtements étaient redevenus impeccables. Quelques secondes plus tard, je dormais à poings fermés.

Vers cinq heures du matin, Monsieur Harckman m'a réveillé précipitamment. La milice était à leur porte pour un contrôle de processeurs identitaires.

– Nous sommes fichés sur une liste d'aides aux invasifs, il m'a chuchoté. Ils effectuent régulièrement des contrôles.

On entendait le vrombissement des intercepteurs stationnés au-dessus de la maison. On aurait dit des insectes obstinés.

– Il faut que tu files par l'arrière, et vite. Ma femme ne va pas pouvoir les retenir plus longtemps.

Je me suis précipité sur mes vêtements et en quelques secondes, j'étais prêt. J'entendais Miss Harckman discuter avec les miliciens à l'entrée de l'alvéole. Elle défendait farouchement ses droits.

– En tant que patriote, vous devez nous laisser entrer, disait une voix d'homme.

– J'aime mon pays mais pas vos méthodes policières, répondait-elle.

Avec l'aide du mari qui me tenait fermement par un poignet, je suis parvenu à prendre pied sur le hublot de l'alvéole située juste en-dessous. De là, j'ai sauté dans une espèce de cour où étaient entreposés les véhicules volants des habitants de l'immeuble.

Je savais qu'il ne fallait pas que je coure. La chaleur émanant de mon corps en action attirerait immanquablement les intercepteurs sur moi.

Calmement, je me suis avancé dans le parking et puis, dans l'artère qui se trouvait à l'arrière. Quand je me suis retourné, j'ai bien vu un flic se pencher par le hublot que je venais de quitter. Il s'est probablement dit que toute fuite était impossible.

L'aube n'était pas loin. J'ai décidé de faire une croix sur les quelques heures de sommeil qui me restaient. Il était plus intéressant pour moi de mettre la main sur Slobodan, le type qui organisait l'arrivage des légumes vers Epsilon, l'homme qui pouvait me faire gagner un peu d'argent.

Chapitre 8

Slobodan, je l'ai trouvé tout de suite. Sur l'artère principale vers l'est de la ville, la plupart des habitants connaissaient le grand marché matinal voire Slobodan lui-même. Cet homme paraissait avoir beaucoup de pouvoir.

Quand je suis arrivé au marché vers six heures du matin, un employé m'a conduit jusqu'au bureau de son patron situé juste au-dessus d'un entrepôt plein de légumes.

Slobodan était maigre et très agressif. – Qu'est-ce que je voulais ? Du travail ? Mais tout le monde cherche du travail ! Pourquoi m'adresser à lui ? Je trouvais qu'il avait une tête à donner du boulot à des inconnus ?

Je lui ai parlé des Harckman et il s'est radouci aussitôt.

– Un invasif, hein ?

J'ai fait oui de la tête.

– Tu viens d'où ?

– Ben… de la Terre !

– Je le sais bien, pauvre naze. De quel pays ?

– Le Vietnam.

– Il en reste quelque chose ? L'eau n'a pas tout envahi ?

– Il paraît qu'il reste quelques territoires à l'ouest, vers les montagnes.

Slobodan m'a expliqué que souvent, il venait en aide aux invasifs.

– Pas nécessairement pour des raisons humanitaires, a-t-il ajouté. Les invasifs coûtent surtout moins cher.

J'ai compris que l'homme se faisait plus dur qu'il ne l'était vraiment. Il m'a raconté qu'il avait commencé à venir en aide à ses propres cousins croates qui n'avaient pas reçu l'autorisation de s'installer sur Reborn.

– Tu te rends compte… les fils et les filles du frère de ma propre mère !

Il m'a regardé longuement en se balançant sur son siège.

– Tu es jeune ! Qu'est-ce que tu sais faire ?

– Tout !

L'homme s'est mis à rire en entendant ma réponse.

– Tout ? Alors, je n'ai aucune raison de ne pas t'engager. Attention, mon garçon. C'est mal payé et, officiellement, je ne t'ai jamais vu !

J'ai acquiescé de la tête pour lui confirmer que je comprenais.

Par communicator, il a demandé à un robot de me conduire chez le responsable des terres agricoles.

Au moment où je quittais son bureau, il m'a conseillé de me trouver un chapeau.

– Les deux soleils de Reborn frappent fort ! Attention à l'insolation et je ne paie pas les jours de maladie !

Le responsable des terres agricoles, Fred, un autre Croate m'a donné ses consignes le premier jour. Le travail commençait tôt pour éviter les fortes chaleurs.

Mon boulot consistait à suivre et à venir en aide à un robot extrayeur de pommes de terre. Les machines sont efficaces quand la terre est plane et les plants de pommes de terre parfaitement alignés, ce qui est rare. L'arrosage robotique crée des petits creux et monticules dans la terre noire. En réalité, les robots agricoles connaissent pas mal de ratés. Armé d'une pelle, mon boulot consistait à suivre la machine et à résoudre ses problèmes.

À la fin de ma journée de travail, je me suis mis à la recherche d'un endroit où passer mes nuits, un refuge où je pourrais battre en retraite, un espace où je serais en sécurité. À l'extrémité d'Epsilon, j'avais déjà remarqué un grand bâtiment abandonné, une usine désaffectée. Pourquoi avait-on arrêté la production ? Je l'ignorais. Visiblement, une société s'était installée là, avait investi du fric et puis, s'était rendu compte que le business ne marcherait jamais.

Le quartier paraissait désert. Les habitations étaient vides. Elles auraient fait l'affaire de quelques familles de migrants. À qui étaient-elles réservées, ces alvéoles ?

Sur le côté de l'usine, au-dessus d'un toit plat, un hublot en résine m'a paru accessible.

Debout sur le toit, je suis parvenu à atteindre le hublot que j'ai découpé avec un cutter.

Une ambiance de fin du monde régnait dans l'usine et pourtant, elle était neuve. C'était comme si les ouvriers venaient à peine de quitter leur travail. La première pièce ressemblait à une cantine. Deux tasses de café attendaient sur une table, une combinaison de travail était déposée sur le dos d'une chaise, le temps s'était arrêté pour toujours.

L'usine était immense. Des machines colossales attendaient, à l'arrêt, avec des tapis roulants comme des bras articulés. Elles ressemblaient à des colosses endormis. Sur une toile, une publicité montrait un enfant sur le point d'avaler du pain recouvert de confiture de fraise. Sous la pub, il était écrit : « La confiture *Renaissance*, le goût d'avant ! ». Un peu plus loin, dans un entrepôt, une armée de bocaux en résine transparents attendait pour envahir le marché. Je comprenais ce qui s'était passé. Une société spécialisée dans la fabrication de confiture avait construit l'usine à l'époque des premières migrations.

Probablement qu'elle faisait le même business sur la Terre mais les fruits de Reborn ne ressemblent pas tout à fait à ceux de l'ancienne planète. Les manger nature laissait un goût bizarre en bouche mais, en confiture, ils étaient infects. Tout avait été construit ici pour faire du business mais la médiocre qualité des fruits sur Reborn avait arrêté net la production.

J'ai poursuivi mon inspection. Des restes de nourriture, des déchets de toutes sortes abandonnés dans des coins m'ont fait penser que des invasifs s'étaient cachés là. Peut-être s'y trouvaient-ils encore ? Comment étaient-ils entrés ? Je l'ignorais.

À l'étage, un grand espace, composé de tables de travail tactiles, faisait songer à un secrétariat. Évidemment, les ordinateurs et autres communicators avaient été emportés.

Au fond, une porte donnait sur un bureau plus chic. Sur une plaque métallique, était écrit « Direction ». Dans la pièce trônaient trois grands fauteuils. Un WC chimique et un petit évier se trouvaient dans une pièce contiguë et, même si l'eau avait été coupée, pour moi, c'était le luxe absolu. Le bureau de la Direction, je l'ai immédiatement choisi pour y passer mes nuits.

Je suis ressorti par le hublot découpé pour manger quelque chose qui me coûterait un minimum et vers vingt heures, je suis revenu dans l'usine. L'obscurité et le silence étaient angoissants. Les silhouettes des machines endormies avaient quelque chose de monstrueux. Je reconnais avoir traversé l'usine avec la peur au ventre.

Dans le bureau de la Direction, j'ai choisi un des fauteuils et je me suis endormi.

Mon sommeil devait être profond car je ne l'ai pas entendu venir. Mon fauteuil s'est renversé brutalement. En une seconde, j'étais à terre et terrifié. Je me suis reculé dans un coin comme une bête terrorisée. Une silhouette d'homme était là. Il puait l'urine. Son odeur m'a donné envie de vomir. Il a juste dit : « Fous le camp ! ».

Je n'ai pas osé bouger de peur qu'il ne me frappe.

– Fous le camp ! C'est chez moi, ici !

À quatre pattes, je me suis dirigé vers la porte. Deux grands sacs se trouvaient dans l'entrée. Je me suis relevé, je les ai enjambés et je me suis éloigné comme un animal qui vient d'être battu par plus fort que lui. Mon cœur battait si vite que j'ai pensé que j'allais mourir.

J'ai traversé lentement l'usine silencieuse. J'avais peur de déranger d'autres invasifs. Je me suis replié vers la petite pièce avec le hublot découpé. Instinctivement, je sentais que c'était la solution pour cette nuit, du moins. Si l'homme s'en prenait à nouveau à moi, je pourrais toujours fuir par le hublot. J'ai poussé la table contre la porte et je me suis couché sur le sol, le corps adossé à un des pieds du meuble. Ainsi, s'il tentait de pénétrer dans la pièce, il ne pourrait plus me surprendre.

Jamais cette nuit-là, le sommeil n'est revenu, d'autant qu'il faisait froid dans cette petite pièce.

À l'aube, je me suis rendu au marché en grelottant. À la fin de la journée, Slobodan m'a donné quatre crédits. Ce n'était pas suffisant pour survivre.

– Je sais, Chuong, ce n'est pas grand-chose. Mais sans le processeur identitaire, tu n'es rien sur cette planète et je serai obligé de te payer deux fois rien, tu comprends ?

Oui, je comprenais.

Toute une journée est passée avant que je n'ose à nouveau revenir dans l'usine. L'homme, je le craignais plus que tout mais l'usine était mon seul et dernier refuge. Sinon, c'était la rue.

Une chose était sûre, l'homme n'était pas entré dans la petite pièce car la table n'avait pas été déplacée. Au marché, j'avais emporté avec moi un rouleau de plastique résistant que j'ai collé sur le hublot découpé et, cette nuit-là, harassé, j'ai réussi à dormir un peu à même le sol.

Le jour suivant, j'ai déplacé la table, j'ai ouvert la porte et je suis revenu me promener entre les grosses machines endormies et les bocaux de confiture vides.

Le plus silencieusement possible, je suis retourné à la Direction. J'espérais que l'homme était sorti. Il le fallait. Ce type devait probablement être armé et pourrait prendre ma petite visite pour une agression. Je n'avais pas trop envie de prendre un coup de couteau dans le ventre.

Prudent, j'ai attendu dans le bureau des secrétaires si des bruits provenaient de la Direction.

Comme aucun bruit ne filtrait, j'ai finalement ouvert la porte lentement, très lentement, prêt à fuir à toute vitesse, mais le bureau était désert. Seuls les sacs du visiteur étaient là, ouverts. L'odeur d'urine fouettait à mort.

L'invasif était mieux organisé que moi. Sur le fauteuil, étaient jetés un coussin et une couverture. Deux fauteuils posés face à face lui faisaient une couche plus ou moins confortable. Un screenbook était posé sur le sol, juste à côté d'un fauteuil. Mon mystérieux et puant visiteur lisait !

Il ne fallait surtout pas que je m'attarde. L'homme pouvait revenir d'un instant à l'autre.

Si j'étais revenu dans ce bureau, c'est que j'avais une idée en tête : le troisième fauteuil. Dans ce siège-là, mes nuits seraient meilleures. Le type de la Direction n'avait pas besoin d'un siège supplémentaire puisqu'il s'était déjà construit une espèce de couche !

Le transporter ne fut pas simple. Le siège était lourd et très encombrant. De toutes mes forces, je l'ai poussé jusqu'au bout du bureau des secrétaires, retenu dans l'escalier, glissé le long des machines et enfin, je l'ai hissé, marche après marche, jusqu'à mon refuge. Crevant !

Je craignais la réaction du Maître de la Direction. Théoriquement, ce fauteuil ne lui servait pas mais le monde des invasifs fonctionne avec des règles que je ne maîtrisais pas encore.

Après avoir bloqué la porte, je me suis rendu à la piscine. Elle coûtait deux crédits, la moitié de mon salaire du jour mais une de mes grandes craintes, c'était de devenir comme l'invasif de l'usine. Son odeur, sa puanteur, je suis certain qu'il ne s'en rendait plus compte. Il fallait absolument que j'évite cette dégringolade-là.

Quand je suis retourné à l'usine, il était tard. Disons que la méfiance avait postposé mon retour. Dans la petite pièce, chez moi, rien n'avait changé. À première vue, l'invasif n'avait pas tenté de reprendre le fauteuil.

Curieux, je me suis glissé jusqu'au bureau de la Direction. À travers la porte entrouverte, je l'ai entendu et puis, j'ai vu un faisceau de lumière s'agiter de temps à autre. L'homme lisait peut-être à la lueur d'une led de poche.

Sa non-agression pour la disparition du fauteuil, je l'ai prise comme le début d'une relation normalisée.

Après l'arrestation de mes parents, je suis retourné trois fois chez Miss Harckman. J'y allais avec des précautions infinies. J'attendais d'abord de voir si une patrouille de policiers ne surveillait pas sa porte.

Plus j'étais perdu et sans le sou, plus la fréquence de mes visites s'intensifiait et plus je devenais lourd à porter. Je ne veux pas critiquer les Harckman. Ils ont été géniaux avec moi mais leur vie ne se résumait pas à me venir en aide. Lors de mes deux premières visites, le couple m'a accueilli à bras ouverts, m'a laissé prendre une douche et m'a offert de rester dîner, malgré le risque de se faire surprendre par la milice.

Ces soirées-là me mettaient mal à l'aise. D'abord, parce que je n'aimais pas leur charité, même si j'en avais besoin. Demander de l'aide, mendier, est terrible. Il faut arriver à évacuer toute fierté, anéantir le sentiment qu'on est tous égaux. Après, il faut supporter les regards charitables, les questions sur l'avenir quand on n'a pas de réponse.

Lors de ma deuxième visite, Miss Harckman m'a offert un screenbook qu'elle avait chargé elle-même de romans magnifiques, disait-elle. Des histoires qui me sortaient de l'usine. Joseph Conrad, par exemple, des histoires de bateaux dans les mers du Sud. J'ai adoré.

La troisième fois, Madame Harckman m'a reçu sur le perron. Elle ne savait pas trop comment dire mais elle avait invité des gens. Elle était mal à l'aise. Ses mains n'en pouvaient plus de se frotter l'une contre l'autre tellement elle était ennuyée. Je tombais mal.

– Les parents de mon mari, tu comprends. J'ignore ce qu'ils pensent vraiment des invasifs...

Je comprenais fort bien et en même temps, j'étais humilié. C'est toujours comme ça quand on demande la charité, on est humilié en recevant et en ne recevant pas. Pourtant, j'avais espéré qu'elle me file un peu d'argent car j'étais à sec. Slobodan ne me payait pas suffisamment. J'ai failli lui demander des crédits comme ça, devant sa porte, j'avais tellement faim, et puis, finalement, je n'ai pas osé. J'ai préféré lui sourire en l'assurant de revenir une autre fois.

Évidemment, je ne suis plus jamais revenu.

Chapitre 9

J'ai choisi une femme pas trop jeune, pas trop vieille, un peu ronde et qui ne se déplaçait pas aisément. Les vieilles sont capables de se battre comme des lionnes pour leurs petits, leur sac en l'occurrence, ce qui fait que je préférais éviter de les approcher. Les femmes trop jeunes et les hommes peuvent me battre à la course, me rattraper et me jeter à terre. Voilà que je parlais comme un prédateur qui cherche la bête la plus fragile dans un troupeau. Instinctivement, je savais à quoi devait ressembler ma proie. J'avais fait mon choix. Il ne restait plus qu'à trouver le moment propice.

Il est arrivé en fin d'après-midi, le lendemain. La femme de mon cœur marchait avec difficulté dans une rue déserte qui montait légèrement. Son sac, elle le tenait lâchement dans ses doigts fins. De dos, elle paraissait heureuse.

Peut-être était-elle amoureuse ? Sa combinaison, ses chaussons et sa démarche indiquaient qu'elle n'était pas pauvre. Son niveau de revenus était aussi un critère dans ma cruelle sélection. Ma morale particulière n'acceptait pas de voler les pauvres, mon pragmatisme ajoutait qu'ils ne possèdent pas grand-chose.

J'ai hésité jusqu'au bout de l'artère à me jeter sur elle. J'avais l'impression de franchir une limite que mes ancêtres n'avaient jamais dépassée mais j'avais tant besoin de cet argent-là, celui qui était contenu dans son portefeuille électronique.

Soudain, elle m'a senti sur ses pas et s'est retournée. Dans ses yeux, j'ai bien vu qu'elle ne comprenait rien. C'était comme si elle m'avait donné le signal. En trois pas, j'étais sur elle, sur son sac, sur ses doigts. De ma main gauche, je lui ai pris le poignet ; de la droite, j'ai tiré le sac. La peur l'a clouée sur place. Elle n'était capable d'aucune réaction et ses doigts n'ont résisté que quelques centièmes de seconde, pas plus.

J'ai continué ma course, droit devant moi.

Après deux ou trois secondes, j'ai entendu la femme crier « Au secours ! » dans mon dos. Devant moi, un homme est apparu soudain en criant « Halte ! » mais il était lent et je l'ai évité d'un crochet rapide.

J'ai couru plusieurs minutes vers des quartiers que je connaissais bien. Personne ne faisait attention à moi, même si, comme un imbécile, le sac, je l'avais toujours gardé à la main.

Finalement, j'ai songé à le cacher sous ma combinaison et j'ai marché le plus calmement possible en me retournant toutes les trente secondes. Mes mains tremblaient, mon cœur se débattait dans ma poitrine et mes jambes flageolaient à mort. C'était comme si mon corps se refusait à admettre mon geste, comme si je lui avais filé la nausée. Il aurait bien voulu appartenir à un autre, ce corps, déménager avec armes et bagages.

Dès que je suis arrivé à l'usine, dès l'entrée, mon estomac m'a lâché et j'ai vomi de la bile par longues saccades, la tête contre le mur de briques, le corps frappé de tressaillements électriques. Comme s'il voulait me signifier que j'étais passé de l'autre côté.

Quand mon estomac s'est calmé, je me suis assis dans mon nouveau fauteuil, le sac sous ma combinaison, et je me suis endormi comme on perd connaissance. Mon corps avait disjoncté de la même manière qu'une installation électrique fait sauter les plombs quand il y a un risque de surchauffe.

Quand je me suis réveillé, l'obscurité avait envahi les lieux. Une odeur de vomi me suivait à la trace. Ma bouche ressemblait à une décharge publique. J'avais soif.

Mon corps s'était apaisé. J'avais l'impression qu'il acceptait d'être devenu l'enveloppe d'un voleur ou alors, la faim lui commandait de se taire.

Le sac ne contenait que des papiers divers, des processeurs bancaires, des images virtuelles d'un homme avec des enfants, loin, et des gens plus vieux aussi, morts peut-être, sur une plage quelque part sur la Terre. Un petit porte-monnaie électronique que j'ai allumé avidement. Mon butin s'élevait à 21 crédits et 67 cents. Décevant.

J'ai mémorisé l'adresse et le nom de ma victime car je savais ce qu'il me restait à faire.

Avant toute chose, il fallait manger. Le moins cher restait encore les gélules nutritives, les légumes étaient hors de prix, la viande, la bonne, encore plus. Les gélules, je les ai laissé fondre sur ma langue, lentement et puis, j'ai bu de l'eau par petites gorgées, j'avais bien trop peur que mon estomac ne se révolte à nouveau. Le tout pour 4 crédits et 25 cents.

Ensuite, j'ai pris le chemin du quartier où vivait ma victime, adresse que j'avais trouvée dans son sac sur sa carte d'identité magnétique. Un immeuble alvéolaire qui ressemblait à tous les autres.

La porte qui donnait sur la rue n'était pas fermée. Elle s'ouvrait sur un hall dans lequel se trouvaient un miroir, le système de reconnaissance vocale et les noms.

J'aurais bien laissé le sac devant la porte de l'immeuble mais je craignais qu'on ne le vole. Hé oui, les voleurs sont légion sur Epsilon !

Dans le hall d'entrée, je n'ai pu m'empêcher d'observer ma silhouette dans le miroir. Sur ma combinaison crasseuse, une trace de bile fraîche. Ma silhouette était celle d'un fou aux aguets. Mes yeux étaient veinés de rouge, mon visage était pâle et maigre. J'ai prononcé tout haut le nom et le prénom de ma victime et tout de suite, un homme est apparu sur l'écran virtuel. Je l'ai reconnu tout de suite. C'était le type de l'image en 3D dans le sac de la femme, mais avec moins de cheveux.

– Oui ?

Le type ne me connaissait pas. Il m'a regardé sans comprendre. J'ai cherché à prononcer des mots mais rien ne venait.

– Oui ?

Je me suis raclé la gorge avant de parler et pourtant, c'est une toute petite voix qui a déclaré : « Le sac est ici. Dans le hall. » Et puis, après une ou deux secondes, d'une voix mal assurée : « Je suis désolé ».

– Quoi ? Qui êtes-vous ?

Je suis sorti en vitesse et j'ai couru sur l'artère à toute vitesse le long des navettes volantes en stationnement. Puis, à une cinquantaine de mètres, je me suis caché derrière un véhicule. Après une trentaine de secondes, l'homme avec qui je venais de parler à travers le visiophone est sorti sur le perron de l'immeuble alvéolaire, le sac à la main. Il a jeté un œil à gauche et à droite et puis, son regard a fouillé l'obscurité du parc. Il a regardé le sac à main et il est rentré.

Chapitre 10

L'histoire du vol a excité les flics à mort. En quelques minutes, j'étais quasiment devenu l'ennemi public numéro 1. Ils m'ont demandé plusieurs fois le nom de la victime et son adresse. Ils n'avaient probablement pas l'habitude d'obtenir des aveux aussi facilement.

Cette histoire jouait contre moi, je le voyais bien. Elle accréditait la thèse que j'étais capable d'user de violence pour de l'argent. Bizarrement, les flics ne retenaient que le vol à l'arraché, pas du tout ma volonté de restituer le sac et les papiers de ma victime.

Vacarello a pensé que si j'avais avoué le vol du sac à main, j'étais prêt à lâcher d'autres choses.

– C'est parce qu'elle ne voulait plus te donner de crédits que tu as commencé à frapper Madame Nguyen ?

– Angèle ne m'a jamais filé de crédits et je n'ai jamais

porté la main sur elle. Jamais !

Sans m'en rendre compte, j'avais crié et je m'étais levé de mon siège.

L'inspecteur Jarvis a jeté un regard noir sur son collègue. À force de vouloir me faire avouer tout de suite, il n'était parvenu qu'à m'énerver.

– Tu as faim ? m'a demandé Jarvis.

– Oui.

Je n'étais pas dupe de son jeu. Il désirait la même chose que son collègue. Seule la méthode différait.

– Tu as une religion ? Je veux dire : tu peux tout manger ?

– Oui. No problemo même si je préfèrerais autre chose que les gélules nutritives ! Celles-là, je ne peux plus les avaler. Et si vous pouviez trouver quelque chose qui a le même goût qu'avant, ce serait super !

Jarvis a souri. Je venais de résumer tout ce que les habitants de Reborn pensaient de la nourriture. Il a expédié son partenaire à la recherche de bouffe pas trop dégueulasse, ce sont ses mots.

À peine était-il sorti de la salle qu'il me demandait calmement si je voulais bien poursuivre mon récit.

Plusieurs fois, l'invasif et moi, on s'est croisés dans l'usine. Comme des cons, on ne s'est même pas salués. Juste fixés des yeux comme des bêtes, jaugés, presque reniflés, et puis, on s'éloignait. Je dis « comme des cons » parce qu'il est particulièrement ridicule de s'ignorer quand on habite une usine désaffectée et qu'on est dénué de tout.

Finalement, je suis allé le voir un soir où je m'ennuyais à mourir. J'ai frappé à la porte de la Direction comme un employé venu demander une augmentation.

L'inconnu a bondi vers la porte et l'a ouverte en grand. Tout de suite, j'ai regretté d'avoir voulu entrer en contact avec cet homme. Il suait la violence et… l'urine.

Une espèce de led de poche qu'il portait sur le front, attachée par un bandeau, m'a tellement ébloui que je suis resté aveuglé quelques secondes. Je n'ai pas pu apercevoir ce qu'il tenait dans la main gauche mais je suis certain qu'il s'agissait d'un couteau. Sa puanteur était terrible.

– Qu'est-ce que tu veux ?

La voix n'avait rien d'aimable mais je me suis accroché.

– Rien. Je…

– Tu venais me rendre une petite visite ou me voler un autre fauteuil ?

En même temps, sa main a empoigné ma combinaison.

– Je… je pensais que vous n'en aviez pas besoin !

Sa main droite m'a collé violemment contre le mur et la gauche a fouillé mes poches, mes chevilles, tous les endroits où j'aurais pu cacher une arme. Après la fouille, il a retrouvé son calme comme s'il venait de réaliser que je ne représentais aucun danger.

– C'est bon.

Je cherchais quelque chose d'intelligent à dire quand il m'a proposé à boire. Je n'avais pas soif mais pas non plus l'envie de refuser, de peur de froisser mon hôte.

– Avec plaisir.

On est entrés dans le bureau de la Direction. L'homme imprégnait vraiment l'espace de son odeur car je ne me souvenais pas que la pièce sentait si mauvais, la première nuit.

Je me suis assis à terre et il m'a tendu une canette de bière ouverte. Visiblement, il l'avait déjà entamée et je déteste la bière. J'ai bu une gorgée. C'était affreux. J'ignore si ce breuvage avait le même goût sur la Terre mais la bière sur Reborn, c'était l'horreur ! La bière était brune et plate et mon cerveau ne cessait pas de renvoyer l'image de la bouche nauséabonde de mon hôte en train de téter la canette. Beurk !

Il avait déposé son led sur le bureau en prenant soin de le diriger vers un mur, si bien que j'ai pu le regarder à mon aise.

Au-delà de la saleté remarquable de son visage, ses traits étaient fins et il paraissait moins vieux que je ne l'avais cru. Une petite trentaine, pas plus.

– Je m'appelle Chuong.

– Moi, c'est Richard.

Quand il abandonnait sa voix pour faire peur, il parlait comme tout le monde, avec un léger accent français peut-être ?

C'est alors que j'ai compris qu'on était dans le domaine de l'animalité. Dès le moment où l'autre courbe l'échine, les relations se normalisent. Il se comportait comme un cerf à qui l'on doit allégeance.

J'ai refusé poliment la canette de bière qu'il me tendait à nouveau. Faut dire aussi qu'il venait de boire une gorgée. Ses mains étaient noires de crasse.

– Faut surtout pas donner cette adresse à d'autres invasifs, Petit, sinon, ce sera l'enfer ici.

– Ok.

Richard m'a expliqué que, généralement, il passait ses nuits dans l'usine.

– Ça fait longtemps ?

– Trois ans ! La Direction, c'est ce que j'ai trouvé de plus chaud. Dans ta petite cuisine, là-haut, tu vas cailler.

Il a dit ça sans rire. Comme s'il s'agissait d'une évidence. Il aurait pu tout aussi bien dire sur le même ton : « Bientôt, tu vas crever ».

– Je m'en doute.

Mon nouvel ami ne m'a pas proposé de venir le rejoindre à la Direction le jour où je tremblerais de froid.

Non, dans son monde à lui, qui était aussi devenu le mien, c'était chacun pour soi.

Richard s'est montré impressionné quand il a appris que je travaillais au marché matinal.

– T'as de la chance, Petit !

– Peut-être, mais ça ne gagne rien !

– C'est que tu ignores le sens du mot rien, gamin ! Ou alors, tu n'as pas encore pigé que toi et moi, on n'est rien avec notre nombril vierge.

– Vous êtes aussi un invasif ? je lui ai demandé.

– Un des premiers, mon garçon. J'ignore encore pourquoi ils ne m'ont pas greffé leur putain de processeur sur le nombril. Peut-être parce que j'avais fait un peu de prison sur la Terre ? Je voulais seulement qu'on me donne une nouvelle chance ! Tout le monde a droit à une nouvelle chance, non ?

Il m'avait hurlé ça, à quelques centimètres de mon visage.

J'ai fait oui avec la tête. J'avais peur qu'il s'énerve à nouveau.

Richard, lui, il mendiait dans la rue. Des passants lui donnaient à manger, un peu de tout. Avec les crédits qu'il recevait, il achetait de la bière.

– C'est aussi calorique qu'un repas, dit-il, en s'en jetant une gorgée dans le gosier.

J'ai fait la bêtise de lui demander dans quel coin de la ville il mendiait car, soudain, il m'a regardé d'un air soupçonneux. Comme si j'allais me mettre à mendier dans la même artère que lui.

– Mais toi, tu n'as pas besoin de mendier puisque tu travailles au marché !

– Tu as absolument raison. D'ailleurs, ce n'était pas mon intention !

J'avais sorti cette phrase d'instinct. Visiblement, c'est la réponse qu'il attendait. Les trottoirs où il mendiait se trouvaient sur son territoire, le marché sur le mien.

De l'argent, du fric, des crédits, il m'en manquait toujours. Je tentais de faire le plus d'heures possibles au marché mais mon salaire quotidien dépassait rarement les cinq crédits. Les jours où je ne travaillais pas, même en limitant les dépenses au strict minimum, l'argent s'évanouissait comme par enchantement.

Je tenais absolument à me rendre à la piscine au moins tous les deux jours. C'était une priorité, comme consommer quelque chose dans un endroit, fastfood, café, snack où les toilettes sont propres. Il me semblait que c'était la seule manière de garder un peu de dignité même si tout ça coûtait cher.

Je n'ai plus osé mendier chez Miss Harckman. Elle m'aurait probablement donné un peu de crédits mais la pitié dans son regard, je ne l'aurais pas supportée.

Il fallait que je trouve du fric et vite. Le vol d'un sac à main ne me tentait plus beaucoup. Trop violent.

Depuis que j'étais entré dans l'usine par effraction, l'idée me trottait dans la tête de tenter le même coup chez un particulier. Trouver de l'argent, je ne l'espérais pas, mais pourquoi pas voler de la nourriture !

J'avais repéré une maison unifamiliale dont l'arrière donnait sur des alvéoles en construction. Je m'étais déjà introduit dans l'habitation en construction à l'époque où je cherchais un abri.

Assis sur un mur, j'ai observé les éventuels mouvements dans les immeubles. La maison qui se trouvait juste devant moi paraissait vide. C'était la seule qui faisait l'affaire. De plus, la porte-hublot était ouverte sur le jardin, en ce début septembre.

Partout ailleurs, les maisons abritaient des familles avec plusieurs enfants. Difficile de se glisser clandestinement dans un espace où vivent cinq ou six personnes. On est vite repéré.

Du mur en construction, je me suis laissé glisser dans le jardin. Vite ! Si un voisin jetait un œil sur les jardins environnants, j'étais cuit.

J'ai couru le long du mur avec l'espoir de passer inaperçu et je me suis réfugié à l'abri de la terrasse. J'ai attendu longtemps agenouillé en écoutant le bruit du voisinage. La vie paraissait suivre son cours. On entendait les cris des enfants, le brouhaha des radios et les aboiements des chiens.

Ensuite, j'ai joué le vieil habitué. Je me suis relevé et le plus naturellement possible, comme un ami de la famille, j'ai grimpé les quelques marches qui menaient du jardin à la maison.

Des vieux habitaient là, ça se voyait au premier coup d'œil. Alors que dans les autres habitations, le mobilier était en résine, plus ou moins design, ici, les meubles auraient fait la joie d'un archéologue du vingtième siècle.

J'ai tendu l'oreille. Personne. C'est alors que je suis tombé sur un sac à main, en plein milieu du salon. En même temps, du bruit s'est fait entendre à l'étage. Il y avait quelqu'un. J'ai d'abord pensé fuir mais la tentation était trop grande. Dans le sac, j'ai trouvé quelques crédits.

Des pas descendaient l'escalier. Je n'ai pas osé fouiller plus loin. J'ai mis le fric en poche et je suis reparti comme j'étais venu par le jardin et l'alvéole en construction. À l'abri, j'ai observé la maison que je venais de visiter pendant quelques minutes, mais je n'ai vu personne.

Chapitre 11

J'ignore où les flics achètent leurs repas lyophilisés mais ils sont infects. Poliment, j'ai avalé une partie et bu toute ma canette de thé pour faire passer. En face de moi, Jarvis a terminé son repas pourri sans broncher. Il me posait des questions en même temps, comme si nous étions des amis de longue date.

– Angèle… la première fois que tu es entré chez elle, c'était quand ?

– En été. Fin juillet, quelque chose comme ça. Il faisait chaud.

Tout ce que je disais s'affichait sur l'écran transparent à côté de Jarvis. La machine identifiait les voix de chaque interlocuteur et les transcrivait dans des couleurs différentes.

– Tu désires autre chose ?

J'ai fait non de la tête.

– Continue, alors ! a fait Jarvis.

– Le soir, il m'arrivait de plus en plus souvent d'aller rendre visite à Richard. J'ignore si, avec le temps, il s'était habitué à sa puanteur mais moi, oui. Je m'y faisais, ainsi qu'à ses mains et son visage noirs de crasse, et à sa bouche nauséabonde. Malgré sa relative jeunesse, il avait perdu quelques dents à l'avant de la bouche si bien que son rire – et il riait souvent – le transformait en dément. Ses gencives étaient noires, comme pourries mais il s'en fichait. Rien ne l'empêchait de rire, la bouche grande ouverte, sans complexe.

Plus je le connaissais, plus il me faisait rire, l'invasif. Tout d'abord parce qu'il avait beaucoup d'humour mais aussi parce qu'il avait des idées toutes faites sur la vie, des réminiscences d'habitudes anciennes, peut-être normales mais qui, dans l'usine, avec l'existence que nous menions, me paraissaient grotesques.

Quand il a appris, par exemple, que je ne prenais pas de petit-déjeuner, il s'est emporté.

– Comment ? À ton âge, on ne peut pas partir le ventre vide. C'est n'importe quoi !

La remarque était surréaliste venant d'un homme qui s'alimentait à la bière.

Je ne répondais rien et surtout, pour ne pas le vexer,

je n'esquivais même pas un sourire qu'il aurait pris pour un manque de respect.

J'essayais d'épargner de l'argent par tous les moyens.

Après le marché, chaque jour, je gardais au minimum un crédit, parfois plus, sur mon portefeuille électronique attaché à ma cheville. Les voleurs sont partout et surtout dans la rue !

Avec ce que je gagnais au marché, épargner était difficile, c'est pourquoi je suis revenu dans la maison que j'avais déjà cambriolée avec l'espoir de voler quelques crédits.

La seconde fois s'est déroulée plus ou moins comme la première. J'avais choisi une belle journée d'automne avec l'espoir que l'alvéole soit ouverte. Elle l'était.

Le sac se trouvait à la même place, comme une habitude. À l'intérieur, pas plus d'une vingtaine de crédits. Décidément, ce n'était pas le casse de l'année !

J'aurais bien aimé fouiller plus avant mais la maison n'était pas vide. Des gens se querellaient à l'étage. Ou plutôt, un homme en insultait un autre qui ne répondait rien.

Tant qu'ils gueulaient, je savais où localiser les locataires dans la maison mais quand je n'ai plus entendu les voix, ils pouvaient se trouver n'importe où. Peut-être étaient-ils en train de descendre au rez-de-chaussée ?

Il fallait réagir vite. J'ai fait en sorte que tout retrouve sa place, le sac et le portefeuille. Avec un peu de chance, comme la dernière fois, la propriétaire lésée ne remarquerait rien.

Ensuite, à pas de loup, j'ai quitté la maison par le bâtiment en construction. Voilà ! Ni vu ni connu !

Cette fois encore, personne n'a crié « Au voleur ! ».

À travers le feuillage, j'ai observé des mouvements à l'intérieur. Une vieille dame, qui semblait très fatiguée, s'était assise dans un fauteuil alors qu'un homme, dans une combinaison sombre, tournait autour d'elle en criant. La distance entre le fond du jardin et le salon était trop grande pour me permettre d'entendre quoi que ce soit. Plusieurs fois, la vieille a couvert ses oreilles de ses mains comme pour signifier qu'elle n'en pouvait plus.

Ce qui me tenait debout, c'était ma volonté d'apparaître propre et habillé décemment. Ma toilette était le dernier pan du mur de ma dignité, celle que m'avaient enseignée mes parents depuis toujours. Après avoir travaillé au marché, je passais une bonne partie de ma journée à rester civilisé. Me doucher à la piscine ou nettoyer mes fringues à la laverie chimique faisaient partie de mes activités les plus importantes. J'essayais de lire un peu sur le screenbook que m'avait donné Miss Harckman. Elle l'avait chargé de plus d'une centaine d'ouvrages, si bien que de la lecture, j'en avais. Mais je lisais peu. Quand les questions sur mes chances de survivre devenaient trop obsédantes, les lignes sur l'écran dansaient devant mes yeux et j'étais incapable de lire. Il fallait que je me calme, que je ramène un peu de fric pour m'apaiser.

La troisième fois que je me suis rendu chez la vieille, j'avais laissé couler un peu de temps, histoire de ne pas éveiller les soupçons. Mon idée consistait à lui prélever quelques crédits sans violence, de temps à autre. Ni vu ni connu.

Quand j'ai osé pénétrer dans l'alvéole, le premier espace était désert. Le sac se trouvait à la même place, comme s'il m'attendait.

Aucun bruit à l'étage, personne dans les environs, je me suis dirigé vers le sac et je l'ai ouvert.

– J'ai cru que vous m'aviez oubliée, jeune homme ! a dit une vieille voix dans mon dos.

À ce moment précis, j'ai compris exactement ce que voulait dire l'expression : « avoir les cheveux qui se dressent sur la tête ! ».

Le cœur battant, je me suis retourné. Une vieille dame était assise dans un des fauteuils du salon. Une asiatique. C'est la première pensée qui m'est venue. Elle était mince dans une robe noire qui lui arrivait aux chevilles. J'étais passé à quelques mètres d'elle sans m'en rendre compte.

Elle souriait, satisfaite de m'avoir surpris.

– Tu viens d'où ?

– Du Vietnam.

– Moi aussi. Quelle ville ?

– Hué... enfin quand elle existait.

– Ma mère est née à Saigon, il y a très longtemps, a déclaré la vieille, et cette ville a, elle aussi, disparu.

Je n'ai rien ajouté. Évidemment, je ne savais pas trop quoi dire. Rien de spirituel ne m'est venu à l'esprit. Par conséquent, j'ai pris la direction de la sortie avec l'envie pressante de repartir d'où j'étais venu.

– Attendez ! a fait la dame. Mon sac est là, sur la table.

Je me suis arrêté, honteux, à un mètre d'elle et j'ai dit, sans oser la regarder :

– Excusez-moi !

Emporté par mon élan, j'étais sur le point d'atteindre la porte-hublot quand elle m'a proposé un bol de thé. Stupéfait, je me suis retourné vers elle. Je n'en croyais pas mes oreilles.

– Vous me devez bien ça, vous qui fouillez dans mon sac et qui l'allégez de mes crédits.

Tout en parlant, elle s'était levée.

– Asseyez-vous, nous allons boire une tasse de thé. J'aimerais tant faire connaissance avec mon visiteur inconnu. Toute seule dans cette grande maison, je m'ennuie.

Vous êtes la surprise de ma journée !

J'hésitais à accepter son invitation. Et si elle avait contacté les flics par reconnaissance vocale, en me voyant arriver ?

– Vous n'avez pas le droit de refuser mon invitation, jeune homme. D'ailleurs, d'une certaine manière, vous vous êtes invité tout seul !

Elle souriait et se fichait doucement de ma tête mais tout ça n'était pas désagréable. Elle ne me faisait pas la morale. Elle était classe, la vieille. Ses cheveux gris faisaient des vagues sur le côté et son maquillage sonnait faux sur sa peau fripée, surtout le rouge à lèvres sur sa bouche fendillée par le temps. N'empêche, elle était charmante. Et intelligente et vive. Elle possédait une belle voix avec des intonations françaises.

Son bras droit était maigre et constellé de bleus pas beaux à voir mais ses longues mains étaient belles. Jamais, je n'en avais vu d'aussi fines. Ce jour-là, je n'ai pas pensé qu'on l'avait frappée mais plutôt qu'elle était tombée. Les vieux, ça perd l'équilibre pour un rien.

– Asseyez-vous !

J'ai pris place dans un des grands fauteuils du salon pendant qu'elle préparait le thé. Le bout des fesses tout au bord, dans le genre « je ne veux pas déranger ».

Elle est revenue avec un plateau sur lequel se trouvaient une théière, des bols et des morceaux de cake.

Les gâteaux avaient l'air divin mais je n'ai pas osé en prendre un morceau avant qu'elle ne m'y invite, ce qui m'a paru être une éternité.

– Allez-y... Mangez... Comment vous appelez-vous ?

– Chuong.

Elle a eu un sourire en coin comme si on venait de lui annoncer une mauvaise nouvelle mais qu'elle n'était pas grave.

– Chuong..., a-t-elle répété.

La vieille dame m'a dit qu'elle s'appelait Angèle et j'ai trouvé que ce prénom lui allait comme un gant.

– En France, mes parents adoptifs ont francisé mon prénom.

Elle m'a posé des tonnes de questions sur ma famille et où elle était, sur moi et ce que j'espérais.

Cette dernière question m'a mis mal à l'aise parce que j'ignorais complètement la réponse. En fait, ce n'est qu'en face de cette vieille femme que je me suis rendu compte que je n'espérais plus rien.

Elle a ressenti ma détresse parce que ses vieilles mains se sont refermées sur les miennes.

– Ça va aller, Chuong, elle a chuchoté en vietnamien.

En entendant ma langue maternelle, la langue de mes parents, des larmes ont envahi immédiatement mes yeux.

Ce soir-là, elle m'a parlé de son enfance, en me caressant les cheveux. À cause de la guerre, sa grand-mère et sa mère, alors enfant, avaient quitté le Vietnam au vingtième siècle sur un bateau de fortune et avaient rejoint la France.

Elle est arrivée parmi les premiers sur Reborn avec son mari et son fils, à l'époque où tout semblait possible. Son mari était mort un an après leur arrivée sur la nouvelle planète.

Sa voix était douce et chantante. Son vietnamien était hésitant, elle ne l'utilisait plus depuis longtemps, mais l'entendre m'a fait beaucoup de bien. Pour la première fois depuis mon évasion du camp, je me sentais en sécurité.

À la fin de son récit, elle m'a proposé de prendre une douche.

– À présent qu'on se connaît mieux, Chuong, je peux te le dire : tu empestes !

Pendant la douche, elle a passé mes vêtements au nettoyage chimique. Ils en avaient bien besoin.

En face de moi, Jarvis prenait des notes complémentaires à l'enregistrement. À ses yeux, nos origines communes devaient expliquer comment j'avais pu entrer en contact avec une vieille dame des beaux quartiers.

– Chuong ? Vous avez probablement besoin de vêtements de rechange ?

J'étais sur le point de quitter sa maison ce premier soir quand elle s'est rappelée qu'elle avait gardé des affaires appartenant à son mari.

– Peut-être, oui.

– J'en ai plein en haut. Ils n'ont jamais servi.

Elle est montée les chercher. Je suis resté seul dans le salon avec le sac à portée de main et dans le sac, le portefeuille avec les crédits. Pourtant, je n'ai touché à rien. Pourquoi ? Pas assez de noirceur en moi, probablement.

Au moment de se quitter, elle m'a dit que j'étais le bienvenu quand je le désirais.

Dans la salle d'interrogatoire, quand j'ai prononcé cette phrase, les regards des flics se sont croisés. Ils ne me croyaient pas, j'en étais sûr.

– Ce jour-là, vous êtes sorti par la porte de rue, Monsieur Pham ?

– Non, par le jardin. Après coup, je pense qu'elle ne voulait pas que je croise son fils.

– C'est peut-être vous qui préfériez ne pas être vu par le voisinage ? a demandé le gros flic d'une voix soupçonneuse.

Je n'ai rien répondu. Nouveau regard de connivence entre les flics. Décidément, mon pauvre navire prenait l'eau de toutes parts.

Chapitre 12

– Vous êtes revenu rendre visite à Madame Nguyen tous les jours, Chuong ? a demandé Jarvis.

– Au début, non. Je ne suis revenu qu'une semaine plus tard. Je craignais trop de la déranger.

– Elle devait avoir peur de toi, non ?

C'était une question du gros flic. J'ai haussé les épaules.

– Un jeune homme comme toi est bien plus costaud qu'une femme de soixante-dix ans, non !

J'ai regardé l'inspecteur droit dans les yeux.

– Écoutez... ou je vous raconte mon histoire ou vous êtes persuadé de la connaître... j'en ai marre de vos sous-entendus.

Le gros policier s'est dirigé droit vers moi, s'est emparé de mes poignets et a levé vers mes yeux mes mains rouges de sang.

– Et ça ? Ce sont des sous-entendus ?

L'homme paraissait hors-de-lui. Il hurlait.

J'ai tenté de rester calme en répondant que je lui avais déjà donné des explications à ce sujet.

– J'ai transporté Madame Nguyen sur le canapé.

L'homme m'a lâché les poignets et s'est détourné de moi. J'en ai profité pour lui asséner ma dernière carte.

– Vous devriez mettre des hommes devant la porte de sa chambre ! Son fils va probablement tenter de la faire taire définitivement.

– C'est ça… c'est ça, a ricané Vacarello. Pourquoi le fils s'en prendrait-il à sa mère ?

– Je l'ignore.

Le jeune inspecteur s'est levé d'un bond pour se rapprocher de son collègue. Ils ont échangé quelques mots. Jarvis tentait de le convaincre de faire quelque chose, Vacarello se défendait mollement. Finalement, il est sorti de la salle d'interrogatoire. Dès que la porte s'est refermée, Jarvis m'a demandé si je voulais poursuivre.

Deux jours plus tard, en pleine nuit, on a frappé à la porte de ma cuisine, dans l'usine. Bam bam ! Deux grands coups d'angoisse. Et puis, avant que je ne puisse réagir, la porte s'est ouverte en grand. Terrifié, j'ai vu une ombre immense se diriger droit vers moi. Un cauchemar !

Paniqué, j'ai allumé la lampe torche que j'ai dirigée en tremblant vers l'inconnu.

– Arrête avec tes conneries, merde !

C'était Richard. En manteau, avec ses mitaines aux mains et son bonnet sur la tête. De l'inquiétude se lisait sur son visage.

Même avec le faisceau du led dans les yeux, il n'avait pas haussé la voix.

– Des invasifs sont entrés dans l'usine. Une dizaine. Avec des chiens. Ils ont trop bu... je les connais... ils peuvent devenir violents... faut qu'on se tire.

Mon ami parlait calmement mais toujours à voix basse comme s'il craignait de se faire repérer. J'ai mis du temps à réagir.

– Chuong ! Réveille-toi, mon gars ! Ils fouillent chaque recoin de l'usine. S'ils nous mettent la main dessus, ça va être notre fête ! Grouille !

C'est à ce moment là que j'ai vu qu'il avait emporté toutes ses affaires dans un sac à dos et une valise à roulettes qui datait. L'heure devait être grave.

– Tu crois vraiment qu'on ne pourra jamais revenir à l'usine ?

La question m'était venue spontanément. C'était mon angoisse du moment. Où aller ?

– Pendant deux ou trois jours, sûrement pas, a répondu

Richard, mais après, pourquoi pas, ces gars-là ne restent jamais longtemps au même endroit. Ils sont trop nombreux. Ils font des cibles idéales pour les intercepteurs.

En parlant, mon ami ne cessait de jeter des regards inquiets en direction de ma porte.

J'ai rassemblé tout ce que je possédais, c'est-à-dire rien, mais ça a pris du temps. En bas, des bruits de fête, des hurlements de joie, des aboiements de chiens troublaient le sommeil des machines.

– Dépêche ! a répété Richard.

Il restait calme mais il s'impatientait.

– Comment on va faire pour ton bagage ? j'ai demandé.

– On se débrouillera !

Je ne voyais pas comment transporter sa foutue valise sur le toit.

– Ce serait plus simple de le laisser ici !

– Tu rigoles ?

Les yeux que Richard a levés sur moi m'ont fait comprendre que c'était hors de question.

– Dans cette valise, y'a tout ce que j'ai gardé de la Terre !

J'ai préféré ne pas poursuivre sur le sujet d'autant que les aboiements des chiens se rapprochaient.

J'ai enjambé en premier le hublot parce que le chemin, je le connaissais mieux que quiconque, même dans la nuit noire.

Moi dehors, lui dedans, on a hissé, non sans mal, traîné serait plus précis, le bagage sur le toit plat. Ensuite, son sac à dos et puis, le mien.

On a tout regroupé le long du mur à l'opposé des leds de l'artère, là où il faisait le plus sombre.

J'ai eu l'idée lumineuse de refermer le hublot de l'extérieur afin de ne pas attirer les regards sur notre fuite mais il était trop tard.

Quand ils se sont rués dans la pièce, ma grosse tête brillait à travers la vitre.

– Là ! a hurlé un homme en me pointant du doigt.

Ils se sont rués vers le hublot et l'ont ouvert en grand. Ils ne m'ont pas laissé le temps de me mettre hors de portée. Des mains agrippaient ma combinaison et ma cheville.

– Reste avec nous, Petit, on va se marrer ! a gueulé un type avec des yeux de dingue.

J'avais beau me débattre, leurs bras me ramenaient lentement vers l'usine, vers leurs cris et la gueule des chiens.

– On le tient, les gars !

Tout à coup, venant de la droite, une bête furieuse s'est jetée entre mes agresseurs et moi. Une valise sur roulettes conduite par un dément qui hurlait : « En avaaaaant ! ».

Le bagage courait droit sur les avant-bras des intrus qui m'ont lâché dans la seconde. Richard est passé entre le hublot et moi comme un train fou. J'en ai profité pour me remettre sur pieds et filer avec lui.

Devant nous, trois mètres plus bas, la rue ; derrière, les envahisseurs de l'usine qui, déjà, investissaient le toit. Richard n'a pas hésité. Il a poussé son bagage dans le vide et il a sauté. Je l'ai suivi.

Au sol, après le choc, la valise ressemblait à une locomotive de western tombée dans un canyon. Elle tenait sur une roue comme une danseuse ivre. Les fameux souvenirs de la Terre étaient éparpillés dans l'artère.

Sur le toit, les ombres nous insultaient, les chiens aussi. Richard était déjà en train de rassembler son trésor. Des draps, des couvertures, des chandeliers, des canettes de bière aussi cabossées que sa tête.

– Aide-moi ! Faut filer !

J'ai ramassé ce que j'ai pu. Tout était mouillé, moisi, aigre. Nos agresseurs n'avaient pas osé sauter. Ils s'étaient même lassés de nous insulter. Ils sont rentrés dans l'usine cuver leur bière.

Quand tout fut rassemblé, nous avons vidé les lieux en poussant et tirant le bagage boiteux dont une roue folle avait cessé de tourner pour toujours.

Nous venions de perdre notre logement et je n'étais pas loin de pleurer.

– T'inquiète, a fait Richard, dans quelques jours,

ils seront partis. Ces types-là ne se fixent jamais nulle part.

Nous progressions dans les artères désertes, Richard, son bagage et moi. Il faisait froid. Je ne cessais de me retourner. Trop peur qu'ils nous tombent sur le dos. Soudain, dans la lumière d'un led, j'ai aperçu une silhouette et puis deux. Ensuite, les chiens se sont mis à aboyer. Ils étaient là, dans notre dos, à nos trousses.

On s'est mis à courir comme des dingues. Pour rien au monde, Richard ne voulait lâcher son bagage.

Sans véritablement le vouloir, nous avons débouché sur une grande artère désertique. Plus rien ne pouvait nous cacher. Derrière nous, les aboiements des chiens se rapprochaient.

– Lâche ta valise!

En courant et en poussant son bagage à une seule roulette, Richard a fait non de la tête. Moi, j'aurais pu m'échapper, accélérer – les gars qui nous coursaient étaient trop saouls pour me rattraper – mais je n'avais pas le cœur d'abandonner mon ami.

Quand Richard s'est enfin décidé à laisser sa valise derrière lui, il était trop tard, les gars étaient sur nous. J'ai bien tenté de me battre mais très vite, j'ai été submergé par le nombre. Ils m'ont mis à terre et m'ont roué de coups de pieds. Je ne voyais rien, je ne réagissais pas, j'attendais seulement qu'ils se lassent et s'en aillent.

Autour de nous, les chiens, excités par la violence, aboyaient comme s'ils étaient devenus fous mais, curieusement, ils ne nous ont pas mordus.

Finalement, comme je l'espérais, ils se sont lassés. L'un ou l'autre m'a encore shooté dans les jambes et dans le dos mais le cœur n'y était plus.

Je suis resté immobile avec la terre noire de Reborn dans la bouche. Faire le mort, c'était la seule solution. Comme les animaux qui ne sont pas assez forts pour survivre.

Avant de partir, des mains ont fouillé mon blouson et mon jean, d'autres mon sac à dos. Là non plus, je n'ai pas cherché à me défendre. Satisfait, le groupe s'est tiré.

J'ai cherché Richard des yeux. Il était couché, immobile, à une dizaine de mètres. Je me suis traîné jusqu'à lui. Mon corps me faisait atrocement souffrir, surtout le dos.

– Richard ! Ça va ?

Hors d'haleine, Richard s'est retourné vers moi et il m'a souri à travers ses dents pourries. Quand il a retrouvé son souffle, il a montré le bagage du doigt qui attendait à quelques mètres et m'a dit : « Quelle chance ! Ils n'ont même pas touché à ma valise ! ».

Il s'est mis à rire comme un dément. Son rire était si contagieux, si juste, que je me suis mis à rire, moi aussi, malgré mes côtes douloureuses et mon argent envolé.

Nous n'avons pas ri longtemps. Attirés par la chaleur dégagée par le combat, les leds caractéristiques de deux robots volants sont apparus derrière Richard.

– Des intercepteurs ! j'ai crié. Faut se mettre à l'abri ! Vite !

Les machines fondaient droit sur nous. Richard, cet imbécile, décida de récupérer d'abord son bagage qui gisait à quelques mètres.

Trop tard ! À peine venait-il de s'emparer de la valise que le rayon fouillait son nombril pour identification. Une seconde plus tard, les tentacules de l'intercepteur le ceinturaient.

– Fiche le camp, Chuong ! cria-t-il.

J'ai eu le temps d'apercevoir mon ami happé par le robot. Il avait gardé sa valise à la main.

Déjà, je courais droit devant moi à travers les petites artères d'Epsilon. L'intercepteur n'était pas loin, j'entendais son vrombissement d'insecte qui me suivait à la trace. Ma seule chance, c'est que dans sa petite tête de robot, il ignorait que j'étais un invasif. J'espérais qu'il pourrait me confondre avec d'autres habitants de Reborn. Mais où en trouver en pleine nuit ?

Soudain, au bout d'une artère importante, j'ai aperçu une navette de transport public qui embarquait des gens pour les conduire probablement à l'aéropôle de la ville.

J'ai couru comme un fou jusqu'à l'appareil et j'ai franchi les portillons automatiques au moment où ils se refermaient. Un robot contrôleur s'est avancé vers moi. La navette avait déjà pris son envol. J'ai tenté de passer à côté du robot mais celui-ci m'a bloqué le passage.

– Ticket électronique, please! a-t-il répété d'une voix de ferraille.

Cette imbécile de machine me repoussait vers les portes automatiques. Je n'ai pas eu d'autre choix que de prendre appui sur son bras articulé pour sauter au-dessus du robot.

Une sirène s'est mise en route automatiquement. Je savais qu'une patrouille de miliciens ne tarderait pas à accompagner la navette, en plus des intercepteurs. J'ai foncé vers le fond de l'appareil. Un autre robot m'a barré le passage, sans succès. Je lui ai grimpé sur le corps. Les passagers, des gens qui se rendaient dans une ville de la planète, étaient tétanisés. Ils sont restés silencieux et personne n'a rien fait pour m'arrêter.

Au bout de l'appareil se trouvait une issue de secours. J'ai manipulé le manche et la porte s'est ouverte. Immédiatement, un appel d'air s'est créé qui m'a déstabilisé. J'ai failli être aspiré par le vide. La navette se trouvait une bonne trentaine de mètres au-dessus d'Epsilon. Ma chance, c'est que j'ai pu agripper la poignée de secours et éviter le pire. Derrière moi, les robots se faisaient plus menaçants.

Ils étaient sur le point de s'emparer de moi. S'ils me faisaient prisonnier, c'en était fini. Je suis sorti de l'appareil en empoignant l'aileron arrière. La vitesse faisait voler mon corps dans tous les sens. J'étais sur le point de lâcher prise quand, soudain, à ma droite, un peu en dessous de la navette est apparu l'intercepteur qui, borné comme un robot, suivait toujours ma piste. J'étais incapable de tenir l'aileron plus longtemps. J'ai préféré me laisser glisser le long de la carlingue et je suis tombé sur l'intercepteur. J'ignore ce que ma chute a endommagé mais le robot aux tentacules s'est mis à tourner sur lui-même en perdant de la vitesse. En quelques secondes, nous avons perdu une vingtaine de mètres. Nous allions au crash, c'était certain. Je voyais déjà les hublots des premiers niveaux. Le sol ne devait pas être très loin. J'ai sauté. Sous le choc, j'ai roulé sur plusieurs mètres mais sans trop de mal. Par contre, l'intercepteur, débarrassé de mon poids, a repris de l'altitude sur plusieurs mètres mais n'a pu redresser à temps, s'est encastré dans un immeuble de bureaux et a pris feu immédiatement.

Déjà, des navettes de miliciens envahissaient l'artère. J'ai quitté la zone en vitesse.

Quand je suis retourné à l'usine, deux nuits plus tard, les invasifs l'avaient désertée. Les larmes aux yeux, je me suis couché dans le fauteuil de Richard mais je savais bien que si, par miracle, il pénétrait dans le bureau de la Direction, je lui laisserais volontiers la place et cette fois, je n'oublierais pas de lui dire combien je l'aimais.

Chapitre 13

Je ne sais pas depuis combien d'heures j'étalais ma vie récente dans cette salle d'interrogatoire. Vacarello entrait et sortait, Jarvis prenait toujours des notes et quand je me taisais, il m'encourageait à poursuivre. Derrière la vitre, j'ignore combien de personnes m'observaient comme au zoo.

– Vous avez des nouvelles d'Angèle ? j'ai encore demandé.

– Rien pour l'instant. Si l'hôpital ne nous communique rien, c'est qu'elle est toujours entre la vie et la mort, a répondu Jarvis.

– Plus proche de la mort que de la vie, a ajouté l'autre.

– Si son fils a voulu l'assassiner, il pourrait tenter quelque chose à l'hôpital.

– Tu ne vas pas nous apprendre notre boulot, mon garçon, hein ?

– Pour le moment, on ne parvient pas à identifier le fils d'Angèle Nguyen. C'est un peu comme s'il avait disparu des fichiers informatiques.

J'ai demandé à aller aux toilettes.

– Je m'en charge, a fait Vacarello en exhibant des menottes magnétiques mais son collègue lui a dit que ce n'était pas nécessaire.

On est sortis de la salle d'interrogatoire, le gros flic et moi. Sa main serrait mon bras.

– Les toilettes sont à gauche, a fait l'inspecteur, en me dirigeant avec brutalité.

À droite, j'ai eu le temps d'observer les gens qui attendaient, assis sur un banc. Ils étaient quatre et je les connaissais tous. La première était Miss Harckman. À côté d'elle, son mari. En face d'eux, était assise une femme blonde que je n'ai pas reconnue tout de suite. À ses côtés, un homme. C'est lui qui me cherchait des yeux quand j'avais ramené le sac volé. Sa femme, je l'avais surtout vue de dos au moment où je l'agressais.

J'ai supposé que les flics avaient contacté tous les gens auxquels je faisais référence dans mon récit. Ils désiraient recouper les informations que je donnais, ils cherchaient les failles. Peut-être que chacun à leur tour, on les a menés derrière la vitre sans tain pour m'identifier.

En me voyant, Miss Harckman s'est levée mais

Vacarello lui a fait signe de se rasseoir.

– Il est interdit de parler au suspect, Madame. Tant que l'enquête n'est pas bouclée. Asseyez-vous, s'il vous plaît.

Aux toilettes, le flic ne m'a pas lâché d'une semelle. Je pense qu'il me prenait pour un roi de l'évasion. Par contre, il m'a laissé me laver les mains et boire un verre d'eau au distributeur automatique.

Quand je suis revenu vers la salle d'interrogatoire, Miss Harckman s'est levée à nouveau et a dit : « Courage, Chuong ! Nous savons que tu es innocent ! ».

Cette phrase m'a fait pleurer tout de suite. J'aurais voulu la remercier mais l'émotion était si forte que je suis resté sans rien dire. Quand j'ai repris mes esprits, j'étais assis à ma place devant l'inspecteur Jarvis qui me tendait une boîte de mouchoirs.

– On poursuit ?

Jarvis paraissait exténué. J'ignore quelle heure il était. Cinq ou six heures du matin ?

Vacarello a reçu un appel soudain. Je me suis dit que c'était peut-être l'hôpital qui lui donnait des nouvelles d'Angèle.

– Oui, Monsieur ! a répondu le flic très humblement.

D'après sa réaction, il s'agissait plutôt d'un supérieur hiérarchique parce que Vacarello se répandait en politesse et en courbette.

– Oui, Monsieur… évidemment !

Le policier s'est levé en parlant, a traversé la salle d'interrogatoire et est sorti comme s'il ne voulait pas parler devant Jarvis.

Celui-ci l'a regardé sortir, a fait une grimace qui voulait dire que cet appel était bizarre à cette heure de la nuit, et puis m'a demandé de poursuivre.

Le matin où Richard s'est fait prendre, j'ai travaillé chez Slobodan parce que je n'avais pas le choix, il me fallait des crédits, mais j'avais le moral dans les chaussettes. Le soir, j'ignorais où dormir et je me suis rendu chez Angèle.

La pauvre s'est inquiétée quand elle m'a vu.

– Mon pauvre Chuong ! Que t'est-il arrivé ?

Il paraît que je n'étais pas beau à voir.

– Et tu sens très très mauvais !

Je n'ai pas pu m'empêcher de sourire. Mon odeur ressemblait à un souvenir de mon ami Richard.

Bizarrement, je me souviens qu'Angèle a regardé sa montre.

– Si tu pouvais revenir dans deux heures, je te ferais couler un bain. Tu en as bien besoin.

– Dans deux heures ?

– Oui, mon fils va passer et je n'ai pas très envie que vous vous croisiez. Il faudrait que je lui donne des explications.

Je déteste les explications.

– Très bien.

Je suis reparti par où j'étais venu. Deux heures à tuer sans un rond en poche, c'est long.

Quand on vit sans domicile, le temps ne passe pas. Il reste en travers de la gorge.

J'étais crevé à cause des événements de la nuit précédente. Je me suis réfugié dans un hall d'alvéoles. Quand quelqu'un entrait, je feignais de chercher un nom sur l'écran virtuel mais la puanteur de mes vêtements et de mon corps me trahissait.

– Vous ne pouvez pas rester ici, jeune homme ! C'est une propriété privée. Si vous ne sortez pas de ce hall, je serai obligé d'appeler la milice.

Quand ils vous menacent, les gens parlent toujours très poliment.

Je sortais. Heureusement dans ce genre de quartier, les immeubles possèdent souvent des halls d'entrée où des gens comme moi peuvent se coucher sur le sol.

Après deux heures, je suis revenu chez Angèle. Son fils était passé et reparti. Elle souffrait du poignet, je l'ai vu tout de suite.

– Vous vous êtes tordu le poignet, Angèle ?

– Rien de grave. Ça va passer.

C'est à ce moment-là que j'ai commencé à penser que

le fils d'Angèle la brutalisait mais je n'ai rien dit. J'avais l'impression que ce n'était pas mes oignons. Aujourd'hui, je pense que c'était une petite lâcheté. J'aurais dû lui en parler tout de suite mais je craignais sa réaction. Elle aurait pu tout aussi bien estimer que ça ne me regardait pas et me demander de partir.

Elle m'a fait couler un bain et m'a laissé mariner dedans autant de temps que je voulais. La lessive chimique a rendu un peu de dignité à ma combinaison, à mes sous-vêtements et à mes chaussons.

Un bain ! Ça faisait plusieurs années que mon corps ne s'était plus allongé dans de l'eau chaude pleine de mousse.

Elle m'a préparé un repas et ce n'était pas des gélules. Elle avait cuisiné vietnamien avec les ingrédients disponibles sur la nouvelle planète. Elle m'a regardé manger comme si à ses yeux, il s'agissait d'un spectacle digne d'intérêt.

– Pourquoi les légumes ont-ils changé de goût ? je lui ai demandé.

Elle m'a répondu qu'elle se souvenait que, déjà, sur la Terre, les gâteaux étaient différents de ceux qu'elle savourait enfant.

– Peut-être que nous ne sommes plus les mêmes humains ? a-t-elle soupiré. Nos valeurs ont changé, pourquoi pas la saveur des fruits et des légumes ?

Cette nuit-là, elle m'a permis de dormir sur le grand canapé. En fait, je m'y étais endormi et Angèle a eu la délicatesse de ne pas me réveiller.

Chapitre 14

Je commençais à fatiguer et Jarvis aussi, je le voyais bien. Il m'a expliqué qu'il allait m'inculper de coups et blessures sur la personne d'Angèle Nguyen.

– Je vous jure que je n'ai jamais porté la main sur elle !

Jarvis a fait la moue. Je voyais bien qu'il avait des doutes mais tout jouait contre moi.

Soudain, Vacarello est rentré dans la salle d'interrogatoire et il a dit : « Laisse-le sortir… Finalement, on n'a rien contre lui ».

Jarvis l'a regardé comme s'il était devenu fou.

– Qu'est-ce qui t'arrive ?

– Reconnais qu'on n'a pas grand-chose, s'est défendu mollement le gros flic.

On aurait dit qu'il jouait dans une mauvaise pièce de théâtre et qu'il connaissait mal son rôle. Il venait de changer complètement d'attitude envers moi. À cause de l'appel qu'il venait de recevoir ?

J'aurais dû me réjouir de la volte-face du gros flic et pourtant, je n'y arrivais pas. Comme si ce n'était pas réel.

– Je laisserai au juge le soin de décider, demain, devant la Haute Cour, a tranché Jarvis.

Vacarello a rétorqué qu'il perdait son temps. Les deux flics se sont regardés longuement. La tension entre eux était palpable.

– Le juge décidera, a conclu Jarvis en rangeant ses affaires et en appelant un robot gardien par reconnaissance vocale.

Quelle heure était-il quand on m'a mené jusqu'à ma cellule ? Cinq heures du matin ? Dehors, tout semblait sombre et calme. J'étais épuisé.

Jarvis m'a annoncé que j'avais droit à une cellule individuelle parce que j'étais inculpé dans une affaire criminelle. C'était une manière d'éviter les contacts avec les autres prisonniers.

La cellule était complètement virtuelle. On aurait pu croire que j'étais libre de me lever et de partir sauf qu'un puissant champ magnétique m'interdisait de m'éloigner de ma couche de plus de deux pas.

Fatigué par l'émotion et par l'interrogatoire, je me suis endormi tout de suite.

Vacarello est venu me réveiller une demi-heure plus tard. J'ai eu du mal à sortir du sommeil. Mes paupières étaient lourdes, mon cerveau à l'arrêt.

– Tu es libre.

– Quoi ? Qu'est-ce que vous racontez ?

– Le juge vient de t'autoriser à sortir. Il n'a pas trouvé dans le dossier suffisamment de charges contre toi.

– C'est une plaisanterie ?

– On vient de lever le champ magnétique qui t'entoure, mon vieux. Sinon, je ne serais pas là.

– Vous allez me reconduire au camp ? Je vais retourner sur la Terre ?

Vacarello est resté sans rien dire pendant une grosse seconde comme s'il hésitait sur la réponse qui convenait.

– Non, nous allons d'abord en ville pour quelques formalités.

Instinctivement, j'ai senti qu'il fallait que je me méfie. Son histoire de libération n'était pas claire, son changement d'attitude, non plus.

Avant de quitter les locaux de la criminelle, il m'a fait signer une dizaine d'écrans tactiles que je n'ai même pas lus.

Ensuite, on m'a rendu mon sac à dos qui contenait toutes mes affaires et nous sommes descendus au garage où nous avons embarqué dans une navette de la police criminelle.

Nous étions seuls.

– On va où ?

– Pas loin du Sénat. Un homme aimerait faire ta connaissance.

– Qui ?

– Ne sois pas impatient. Tu verras bien.

Nous sommes montés à la verticale des locaux de la criminelle et puis, nous avons volé en direction du centre-ville. Le ciel était bleu clair. Il devait être neuf heures du matin. Nous avons croisé pas mal de navettes et même des patrouilles d'intercepteurs qui n'ont pas analysé mon nombril parce que je voyageais dans un appareil de la police.

Après une vingtaine de minutes où personne n'a desserré les dents, on est descendus vers un quartier chic, pas très loin de l'endroit où habitait Angèle.

– On va où ? j'ai répété.

– Du calme, a répondu Vacarello. On est arrivés !

L'appareil s'est posé dans ce qu'il m'a semblé être l'artère la plus chic d'Epsilon, un endroit où je n'avais jamais mis les pieds. Les alvéoles étaient plus hautes qu'ailleurs, les trottoirs plus larges. Partout s'affichaient des écrans virtuels qui présentaient Alan Newman en train de serrer des mains ou de faire des discours. J'ai d'abord pensé que nous étions dans une partie de la ville qui votait massivement pour le candidat anti-immigration mais non,

Vacarello m'avait emmené dans son quartier général de campagne.

– Je n'ai rien à faire ici, j'ai dit à Vacarello en m'arrêtant devant l'entrée de l'alvéole.

– Newman veut te rencontrer.

– Qu'est-ce qu'un type qui revendique l'arrêt de l'immigration pourrait me dire ?

– Tu verras bien.

Nous avons parcouru des couloirs et puis, nous sommes arrivés dans une vaste pièce où se trouvaient debout un homme et une femme et Newman, assis, derrière un bureau.

Il s'est levé en m'apercevant. Il était grand et très élégant dans une combinaison claire. Vacarello m'a poussé vers le centre de la pièce.

– Ainsi, c'est lui, le meilleur ami de Maman, a déclaré Newman.

Je n'ai pas compris tout de suite. Comme si mon cerveau n'était pas préparé à entendre l'information. Ce n'est qu'en repérant, sur le visage de Newman, quelques traits asiatiques que j'ai fait tilt.

– Vous... vous êtes le fils d'Angèle ?

– Pour mon malheur ! a soupiré Newman.

Évidemment ! Tout devenait limpide.

– C'est parce qu'Angèle est votre mère que les flics

ont eu du mal à découvrir l'identité de son fils !

– Bien vu ! a reconnu Newman. Quand on fait campagne pour fermer Reborn aux invasifs, il est très délicat d'avoir une mère d'origine vietnamienne et une grand-mère boat-people.

– Voilà pourquoi Angèle ne désirait pas que je vous croise.

– Oui, je n'ai appris ton existence qu'hier soir. Tu avais oublié ta memobox. Quand je l'ai ouverte, des images en 3D d'étrangers inconnus ont envahi l'espace. Ma mère me donne beaucoup de soucis. Elle est sénile et ne se rend pas compte du tort qu'elle me fait en abritant des invasifs.

– C'est pour ça que vous l'avez frappée !

Newman est resté très calme malgré mon accusation, presque souriant.

– En fait, officiellement, c'est vous qui avez agressé Maman !

Et moi, comme un idiot, je lui ai répondu que la criminelle venait de me blanchir et que j'étais libre.

Le politicien a échangé des regards avec les personnes présentes et puis, il a demandé :

– Tout est prêt ?

Derrière moi, j'ai senti Vacarello s'approcher. Il se tramait quelque chose que je ne comprenais pas. Le flic m'a mis un objet dans les mains. Ce qui m'a frappé dans l'instant, c'est qu'il portait des gants. J'ai juste eu le temps de me rendre compte que j'avais une arme laser dans la main droite. Hébété, j'ai observé l'objet une demi-seconde quand soudain, le sifflement caractéristique d'un pistolet laser s'est fait entendre et que, tout de suite après, Newman a crié.

Il était touché au bras. Une tache de sang apparaissait à travers sa combinaison. Déjà, Vacarello tentait de m'immobiliser en me ceinturant. Par réflexe, je l'ai frappé à la tête avec le pistolet laser que j'avais dans les mains. Il s'est écroulé tout de suite. J'ai couru vers la sortie. Quelqu'un a crié :

– Emparez-vous de lui ! C'est un invasif ! Il vient de tirer sur le sénateur Newman !

Chapitre 15

Mon premier réflexe a été de tenter de rejoindre l'usine comme une bête regagne son terrier.

Les artères grouillaient de monde. J'ai couru droit devant moi. Pas longtemps. Je faisais une cible trop belle pour les intercepteurs. Je me suis forcé à marcher normalement. Heureusement que c'était l'heure où les habitants d'Epsilon se rendent au boulot. La foule m'a protégé. Après quelques minutes, l'information était dans la rue : « Un invasif attaque le sénateur Newman ! ».

J'ai traversé des écrans virtuels où s'affichaient déjà les images. On le voyait se tenir le bras, le sang coulait entre ses doigts et pendant une seconde, on m'apercevait, le pistolet laser dans les mains. Du beau travail ! Un magnifique montage ! Les gens s'arrêtaient en pleine artère pour lire l'info qui venait de tomber. « Après avoir agressé sa mère, un invasif blesse Alan Newman ! ». Des passants étaient sous le choc. D'autres appelaient leurs proches. Pas de doute, la veille des élections, c'était le coup parfait. Newman passait pour un martyr et moi, j'étais devenu le symbole de l'agressivité des invasifs.

Soudain, je me suis rendu compte qu'on pouvait m'identifier à tout moment et j'ai préféré me perdre dans les petites rues désertes.

Le plan du clan Newman venait de parfaitement fonctionner. Presque parfaitement. Un seul élément ne s'emboîtait pas parfaitement : Angèle !

Si elle vivait encore, elle pourrait me disculper. Il fallait que je me rende au Centre Médical le plus vite possible car, puisque j'étais en fuite, la mère d'Alan Newman devenait le point faible de leur plan.

Je me suis dirigé vers l'hôpital où Jarvis m'avait dit qu'on emportait Angèle. Epsilon, depuis le temps, je commençais à bien la connaître. De ruelles en ruelles pour éviter la foule et les intercepteurs, je me suis rapproché du Centre Médical.

J'ai mis une heure à rejoindre le quartier de l'hôpital.

Il s'agissait de la phase la plus facile de mon plan. Pénétrer dans le bâtiment était bien plus complexe. La place devant laquelle on avait construit le Centre Médical était immense et contrôlée par des intercepteurs. Jamais, je n'en avais vu autant. Est-ce que le clan de Newman avait ordonné un plus grand contrôle des accès de l'hôpital ? C'était bien possible et ça réduisait mes chances d'arriver jusqu'à Angèle à temps.

Une navette ambulance s'est arrêtée à un mètre au-dessus de moi. C'était l'occasion de pénétrer dans l'hôpital. Je me suis hissé jusqu'à l'appareil et je suis entré dans l'espace médicalisé. Un homme était étendu sur une civière. Un drap le recouvrait. Aucun ambulancier ne l'accompagnait et pour cause, le type étendu était mort. Un bras, déjà bleu, se balançait à la verticale de la civière.

La navette avançait vers le Centre Médical. À travers le hublot, j'apercevais les intercepteurs qui contrôlaient tous les accès. Le bruit de leur rayon d'identification était insoutenable. L'appareil s'approchait des robots. Dans une minute ou deux, pas plus, ils m'identifieraient comme invasif.

Plus une seconde à perdre ! Dans l'espace médicalisé de la navette, j'ai trouvé un scalpel. J'ai relevé le drap mais je n'ai pas pu m'empêcher de faire un pas vers l'arrière. Le cadavre était celui d'un vieil homme. Son visage n'avait rien de serein.

Le bruit du moteur des intercepteurs envahissait déjà la cabine. Malgré ma répugnance, j'ai ouvert la combinaison pyjama du mort et j'ai incisé son nombril. Le corps était froid comme du marbre, la peau déjà rigide.

En pénétrant la chair avec la lame, j'ai cru que j'allais vomir. Plusieurs haut-le-cœur m'ont obligé à arrêter mon étrange travail quelques secondes. Sous la chair molle, la lame a buté sur un objet solide. Le processeur identitaire ! Malgré ma répugnance, je suis parvenu à inciser la peau autour de la carte d'identité électronique. Parce que je travaillais sur un cadavre, l'incision n'a pas fait couler beaucoup de sang. J'ai poursuivi mon sinistre boulot.

Après quelques secondes, le processeur identitaire était à l'air libre. Le temps pressait. Je l'ai arraché d'un coup sec. Sous le choc, le cadavre a sursauté d'un ou deux centimètres. Ensuite, j'ai appliqué l'élément électronique sur mon nombril et je l'ai fait tenir à l'aide d'un bandage autocollant.

J'ai également pris soin de remettre la combinaison au cadavre pour ne pas alerter trop rapidement les robots.

Déjà, la navette pénétrait dans l'hôpital. Je suis sorti de l'appareil avant son immobilisation complète car je ne tenais pas à me faire surprendre par les infirmiers qui se trouvaient à l'avant.

Dès le moment où j'ai posé le pied dans l'hôpital, un intercepteur s'est présenté devant moi et a fixé mon nombril avec son rayon. Mon stratagème a fonctionné parce que le robot s'est immédiatement détourné de moi pour vérifier l'identité d'une autre personne. Le robot a dirigé son rayon à l'intérieur de la navette mais le cadavre était trop froid pour qu'il s'y intéresse.

L'hôpital était immense mais fonctionnait par reconnaissance vocale. Quand j'ai prononcé à haute voix le nom d'Angèle Nguyen, une voix m'a indiqué qu'elle se trouvait au sixième étage, chambre 3453, qu'elle n'avait pas repris connaissance, que son état était stationnaire et que les médecins étaient confiants.

Je me suis précipité en direction des élévateurs. Personne ne paraissait faire attention à moi. Aucune trace de miliciens. Me serais-je trompé sur leurs intentions ou est-ce que je les avais devancés ?

Le couloir qui menait à la chambre 3453 ne sentait pas le piège. Des médecins et des robots infirmiers paraissaient faire leur travail normalement. Pas de flics à l'horizon, aucun milicien.

Je me suis avancé en prenant l'air d'un type qui vient visiter un proche. D'ailleurs, n'était-ce pas un peu le cas ? Un petit robot sur chenilles s'est avancé vers moi et a vérifié mon processeur identitaire.

– Monsieur Jerry Toledano, bonjour !

Super ! Ce robot venait de me donner le nom de l'homme à qui j'avais pris l'identité.

– Qui venez-vous visiter ?

– Angèle Nguyen.

– Son état s'améliore mais elle est toujours inconsciente.

Bonne journée, a fait le robot en poursuivant son chemin.

J'ai franchi la porte magnétique de la chambre 3453. Les stores étaient baissés et une lumière douceâtre baignait la pièce. Angèle était là. J'ai reconnu tout de suite son visage et sa main gauche posée au-dessus des draps. Elle paraissait tranquille mais inconsciente.

Elle portait une minerve au cou et des pansements un peu partout sur le corps mais elle respirait avec régularité.

Des électrodes avaient été posées sur son corps et une machine la nourrissait et la médicamentait. À part les contusions, les plaies et les bleus qui déformaient son corps et son visage, elle paraissait aller bien.

J'ai pris sa main blanche dans mes mains sales. J'ignore si ce geste a fait évoluer son état mais ses yeux se sont ouverts, se sont tournés vers moi et un sourire timide a envahi ses lèvres.

– Chuong !

Ses yeux ont scruté la chambre. Elle était consciente mais soucieuse.

J'ai voulu la rassurer en lui annonçant qu'elle était à l'hôpital.

– Et Alan ? a-t-elle demandé.

– Il n'est pas ici.

Elle a semblé se détendre mais sa voix était lasse.

– Tu vas bien ? m'a-t-elle demandé.

Merveilleuse vieille femme qui, sur une couche d'hôpital, prend d'abord des nouvelles des autres.

– Les flics pensent que je suis responsable de ton agression.

Elle a souri faiblement.

– Ces policiers ne sont pas très psychologues, elle a chuchoté. On voit bien dans tes yeux que tu ne pourrais pas faire du mal à une vieille femme.

J'ai rougi.

Soudain, une voix de robot a envahi la chambre :

– Madame Nguyen. Vous avez de la visite. Deux personnes ont demandé le numéro de votre chambre.

– Tu attends quelqu'un ? j'ai demandé.

– À part toi, personne, a soupiré Angèle d'une voix hachée.

– Il faut te mettre à l'abri ! Et vite !

J'ai cherché comment mouvoir la couchette mais elle était conçue pour s'adapter à des robots transporteurs. Moi, j'en étais incapable. C'est alors que j'ai pris la décision de tout débrancher, le système de nutrition et tous les capteurs. Je craignais que son état s'aggrave en quelques secondes mais il n'en fut rien.

– Qu'est-ce que tu fais, Chuong ?

Sa voix était calme. Je n'ai pas pris le temps de lui répondre.

Ensuite, j'ai glissé mes bras sous Angèle et je l'ai portée. Le souvenir de l'avoir transportée sur son divan m'est revenu en mémoire. Elle ne pesait toujours rien.

– Mais qu'est-ce qui se passe, Chuong ?

– Je pense que ton fils veut attenter à ta vie.

– Il m'a reproché d'être une entrave à sa réélection. Il est devenu comme fou quand il a découvert ton existence.

– Ça m'apprendra à laisser traîner mes affaires !

J'ai traversé la porte magnétique avec le corps minuscule de mon amie dans les bras. Le débranchement des appareils médicaux avait alerté le robot infirmier qui roulait déjà vers la chambre 3453. Je ne l'ai pas attendu. Au bout du couloir, au niveau des élévateurs, Vacarello et un homme de Newman palabraient avec un robot. Il ne fallait pas être devin pour savoir qu'ils étaient venus pour l'éliminer. Discrètement, j'ai filé dans l'autre direction.

Chapitre 16

Nous n'avions pas fait cinq mètres, Angèle et moi, que Vacarello a crié dans notre dos :

– Arrêtez-les ! Il a tenté d'assassiner le sénateur Newman !

Je me suis mis à courir immédiatement avec ma vieille amie dans les bras. Il fallait trouver une solution très rapidement parce que ma course était freinée par le corps que je transportais. Le couloir formait un coude. Pendant quelques secondes, nous n'étions plus visibles par nos poursuivants. Sur ma droite, un robot nettoyeur vidait ses réservoirs dans l'évacuation des ordures. Je l'ai viré à coups de pieds et je me suis glissé dans l'ouverture avec Angèle dans les bras. Dans l'obscurité totale, nous avons glissé pendant six étages dans un conduit d'un mètre de diamètre environ. Angèle ne disait rien et moi, je serrais fort son corps maigre. Une terrible puanteur régnait dans le tuyau. Sur notre passage, nous avons emporté des épluchures et des matières diverses qui collaient à la paroi. Deux fois, les déchets des autres étages nous sont tombés dessus. La seule chose à faire était de fermer les yeux et la bouche. Notre glissade s'est terminée dans le grand collecteur d'ordures mais jamais, je n'ai perdu le contact avec Angèle. Je la serrais contre moi comme un trésor.

Nous nous sommes retrouvés dans un océan de canettes et de gobelets sur lequel j'avais du mal à me mouvoir.

Finalement, j'ai réussi à hisser la vieille dame sur le bord.

– Ça va ?

Elle paraissait étourdie, sur le point de perdre connaissance.

– Oui, je crois que ça va… aller !

– Je vais t'emmener dans un endroit sûr où tu pourras te reposer.

Elle ne m'écoutait plus vraiment. Ses paupières étaient à demi-fermées et elle sombrait dans l'inconscience. Que fallait-il faire ? La laisser à l'hôpital où elle courait une mort certaine ou l'emmener avec moi ?

Je l'ai portée à nouveau et nous sommes sortis du collecteur d'immondices. Une porte magnétique donnait sur une ruelle. Nous avons rejoint la grande artère et l'entrée principale de l'hôpital devant laquelle attendaient des robots taxis.

J'avais assez de crédits pour la course mais quand nous avons pris place dans le véhicule, le robot m'a identifié comme étant Jerry Toledano et m'a annoncé que la course serait débitée de mon compte client.

J'ai donné au robot une adresse proche de l'usine pour ne pas éveiller les soupçons. Dans le taxi, des boissons étaient proposées. J'ai pris pas mal de canettes d'eau sur le compte de Jerry Toledano qui n'avait plus besoin de rien. Mon but était de nous faire oublier quelques heures dans l'usine et puis, de contacter Jarvis, le seul type en qui j'avais confiance sur cette maudite planète.

En ville, le taxi a traversé des écrans qui projetaient tous la même image : Newman blessé qui répondait aux questions de la presse et moi qui lui tirais dessus.

Heureusement qu'Angèle, dans mes bras, avait fermé les yeux.

Quand le robot taxi s'est arrêté dans le quartier de l'usine, je lui ai arraché quelques câbles afin de l'empêcher d'être opérationnel et surtout de donner aux flics l'adresse exacte de sa dernière course.

Le robot a déclaré quelque chose comme :

– Jerry Toledano... vous serez poursuivi pour avoir détruit du matériel de la compagnie... et puis, plus rien.

– J'ai toujours préféré les gens aux robots, a déclaré Angèle.

Elle avait repris connaissance mais elle ressemblait à un mort vivant avec son visage tuméfié et l'extrême pâleur de ses traits.

Nous sommes entrés dans l'usine. Je craignais qu'elle soit occupée par un groupe d'invasifs mais le silence des lieux m'a rassuré.

J'ai porté mon amie jusqu'à la Direction où je l'ai couchée exactement où se couchait Richard. Quelques déchets de nourriture témoignaient de la vie de mon ami dans cette pièce.

J'ai fait boire Angèle et puis, je l'ai recouverte avec la couverture qui se trouvait dans mon sac.

– Comment te sens-tu ?

– Fatiguée.

– Dors. Tout à l'heure, j'appellerai l'inspecteur Jarvis et tu pourras lui raconter ta version des faits.

Angèle a fait oui de la tête, mollement, mais elle n'a pas trouvé le sommeil. Peut-être songeait-elle à son fils ou alors à moi, ce drôle de garçon qui la kidnappe dans une chambre d'hôpital parce que d'après lui, on voudrait attenter à sa vie ? Je n'ai pas osé lui demander à quoi elle pensait. Peut-être avais-je peur de la réponse ?

Je devais probablement m'être assoupi parce qu'un bruit m'a fait sursauter. Il provenait de l'usine. Du côté des immenses machines. Angèle était toujours inconsciente.

Je suis sorti du bureau de la Direction en silence. Sur mon chemin, j'espérais trouver un objet pour me défendre mais rien ne convenait vraiment. Arrivé au-dessus de la passerelle, j'ai scruté l'espace mais je n'ai vu personne. Et pour cause, Vacarello était déjà derrière moi. Quand je me suis aperçu de sa présence, il était trop tard. Le point lumineux de son pistolet laser parcourait déjà ma poitrine. Le flic était seul.

– Je savais que tu retournerais tôt ou tard dans ton trou ! a-t-il dit. Il suffisait de retrouver l'adresse que tu nous avais donnée pendant ton interrogatoire.

Je n'ai rien répondu.

– La vieille est ici ?

En parlant, il a fait un geste vers le bureau des secrétaires.

– Après t'avoir buté, je lui mettrai la main dessus. Dans son état, elle ne peut pas aller bien loin. Le sénateur Newman m'a demandé de le débarrasser de sa mère et de son petit protégé. Tu ignorais sans doute que je suis membre de son parti ?

– Je m'en doutais un peu, j'ai répondu.

– Évidemment, quand on lutte pour empêcher les invasifs de s'installer sur Reborn, il n'est jamais bon d'apprendre que sa propre mère les protège. Si la presse avait appris la nouvelle, le succès des élections aurait été compromis.

Vacarello ne pouvait s'empêcher de sourire. Il était aux anges.

– Par contre, a-t-il poursuivi, si un invasif blesse le sénateur Newman et assassine sa mère, c'est tout bon pour les élections, tu ne penses pas ?

Il se trouvait à cinq mètres de moi. Me jeter sur lui ? Je n'avais aucune chance de m'en sortir mais j'étais déterminé à tenter le tout pour le tout. Je voulais le faire pour mes parents qui avaient cru à la justice et à l'humanité des humains. « Nous ne sommes pas des moutons », disait mon père.

En repensant à lui, des larmes ont brouillé ma vue. Tout ça pour rien ! Des années de sacrifices pour tomber sous les balles d'un flic pourri dans une usine déserte !

En face de moi, Vacarello a pris mes larmes pour de la couardise. Il a ricané. J'attendais le bon moment pour tenter quelque chose. Déjà, l'œil de son pistolet laser cherchait ma tête mais un bruit étrange s'est fait entendre et Vacarello s'est écroulé devant moi, blessé au bras.

De l'autre côté de la passerelle, j'ai aperçu Jarvis et des robots miliciens qui s'approchaient de moi à toute vitesse.

Les miliciens ont emmené Vacarello, une ambulance a fait de même avec Angèle. Avant de partir, elle avait nommément accusé son fils de l'avoir agressée la veille.

J'ai demandé à Jarvis comment il avait fait pour arriver si vite.

– Ce matin, un juge m'a réveillé parce qu'il avait décelé une anomalie dans les papiers qui te faisaient sortir de prison. Je me suis souvenu de l'appel qu'avait reçu Vacarello dans la salle d'interrogatoire et de son étrange changement d'attitude à ton égard. Je savais qu'il était un fervent supporteur de Newman et j'ai pensé que pour le parti anti-invasifs, tu avais plus de valeur libre qu'en prison. Quand les écrans ont commencé à montrer l'attentat commis contre Newman et que j'ai appris qu'Angèle Nguyen était la mère du sénateur, tout s'emboîtait. J'ai fait analyser les images de ta tentative d'assassinat par le labo qui m'a annoncé qu'elles avaient été bidouillées. Tout était clair mais comment te retrouver ? Avec une patrouille de robots, j'ai tenté l'hôpital mais tu venais de t'enfuir en kidnappant une vieille dame et en volant un processeur identitaire à un cadavre. Comme Vacarello, j'ai songé à l'usine et voilà !

– Finalement, je suis assez prévisible, ai-je dit.

– Pas tellement, Chuong, pas tellement.

Quand nous sommes sortis de l'usine, j'ai traversé des écrans qui montraient mon image en direct et qui annonçaient l'arrestation du sénateur Newman. Sur les écrans, je n'avais pas l'air en forme.

Chapitre 17

La sénatrice Dellacqua a finalement gagné les élections du lendemain. Pour la presse, cette victoire est la conséquence de l'inculpation de Newman pour coups et blessures et pour avoir comploté contre un invasif.

– Avons-nous oublié notre humanité ? a demandé un journaliste dans son émission à succès.

Dellacqua a complètement modifié la politique de Reborn en ce qui concerne les invasifs. Tous les humains ont à présent le droit de s'installer sur la planète. De nouvelles villes sont en cours de construction dans les déserts de Reborn. Les scientifiques sont formels : il y aura de la place pour tout le monde.

J'ai reçu mon processeur identitaire. Quand l'officier de l'état civil le greffe dans la peau, ça fait très mal. Pour le moment, je vis chez Angèle et je suis des cours accélérés au moyen du communicator car j'ai pas mal de retard à rattraper.

Tous les jours, je passe en revue la liste des nouveaux arrivants sur Reborn. Ils débarquent par milliers. On ne parle plus d'invasifs, on les définit comme des néo-Reborniens. Le mot est laid. Moi, je dis « humains ».

J'attends le retour de mes parents. Je serai assez fier d'annoncer à mon père que Reborn est ouvert à tous les humains et que c'est un peu grâce à moi. J'espère aussi le retour de Richard mais j'ignore son nom de famille.

Depuis quelques semaines, l'usine a été remise en route. Il paraît que les fraises goûtent un peu plus les fraises terriennes et que la fabrication de la confiture a repris.

Angèle et moi, nous venons de goûter la confiture en regardant les deux soleils de Reborn se coucher à l'horizon.

– La confiture n'est pas aussi bonne que sur la Terre, dit-elle.

– C'est comme le coucher des soleils, je lui réponds. Rien ne sera plus jamais vraiment comme avant.